作家出版社 & 悬疑世界（上海浩林文化传播股份有限公司）

命运有无限种可能

冷夜来客

【德】英格丽特·诺尔 著

沈锡良 译

作家出版社

目录 *Contents*

第一章

　　我的外孙费利克斯所住的地方，从前是一家理发店。虽然显而易见的是，那里没有什么卖得出去旳东西，但他总是会稍稍装饰一下橱窗。比如，他把我那些老旧的系带子的黑靴子放在一只鸟笼子里；用棉絮填塞一件粉红色的紧身胸衣，然后将它放在一辆玩具小车里；他把一张塞满了钉子的椅子涂上人造黄油，据说想以此向两位著名艺术家表示敬意。

　　很久以来，一个潦倒的橱窗模特儿在这个田园世界里一直过着艰难困苦的生活，直至他对她感到厌烦了，于是对所有的一切进行了重新布置。但是我却非常喜欢这个模特儿。

　　自此以后，我不再独自一人生活。这个模特儿坐在我的摇椅里，穿着我青年时代穿的连衣裙，戴着六十年代的假发，像个孩子一样舒展她那双细腿。她名叫胡尔达。我若是轻拍一下椅子，她差不多会摇摆五分钟之久，似乎很享受这样的节奏。孤独的老人喜欢自我对话，而我则更喜欢有个面对面的人。胡尔达是一个全神贯注的听众，一个富有教养的女儿，一个举止优雅的女友，她不搬弄是非，不挑拨离间，不跟陌生的丈夫们搭讪。

　　有时我向胡尔达请教问题。比如，我们今天该吃什么？"抹上番茄酱的鲱鱼。"胡尔达说，"或许再加上一小块土豆，就行了。"我们俩不需要很多东西。医生说老年人倒是应该多喝东西。"全是扯淡，"胡尔达说，"别听他的话！这个人根本就不知道摸索着起夜有多么困难"。不言而喻，我觉得胡尔达的忠告要比其他人的更为重要，因为她总是发自内心地跟我说话。对，对，我知道人们对这样的对话会持怎样的看法。可我究竟伤害到谁了？谁会听这样的话，谁又会对此感兴趣呢？

　　"你为什么偏偏叫她胡尔达呢？"我的外孙费利克斯问道。

　　我的弟弟阿尔贝特有过一只玩具娃娃，就是叫"胡尔达"这个名字。本来是我的玩具娃娃，可是他很喜欢。这个问题很严重，因为每当圣诞节他收到的礼物总是锡兵，可阿尔贝特很讨厌那些士兵。我把胡尔达转让给他，我们就可以偷偷地玩过家家的游戏了。

　　在我们七个兄弟姐妹中，阿尔贝特排行老六，比我小一岁。好在我们兄弟姐妹如此之多，以至于谁也没有时间用教育学的方式过分地打扰我们。直至我已长大成人，我们的大哥恩斯特·路德维希才向我透露说，有人偶尔观察过阿尔贝特玩的玩具娃娃游戏，然后担心他可能长得酷似某个有异装癖的叔叔。

　　若是阿尔贝特还活着，他一定明白我的意思。胡尔达是我们共同的孩子，尽管也已经上了年纪，但还很苗条修长，关节没有浮肿，身子没有佝偻，鼻子没有流涕，眼睛没有哭红，鞋子没有矫形。唯有血色从她苍白的脸上剥落下来。顺便说一句，胡尔达虽然不是真正的女人，然而第一眼却是看不出来。可若是你脱下她的衣服，那么一个雪白的毫无女性或男性特征的身体就会暴露无遗；若是摘下她的假发，那么一顶平滑如镜的秃头会熠熠闪光，唯有戴着假发才会让你看到一张漂亮的脸蛋。胡尔达是个雌雄同体的天使，是一个靠着装扮可以变成任何一个角色的生物。

有一段时间我接受送餐服务，可后来又把它退掉了。这样的饭菜太过丰盛，也不合我的胃口。只是对那个年轻人的遭遇，我感到很遗憾。他总是稍稍和我聊聊天。我不是很清楚他究竟读的是哲学还是社会学。至少他认为我并没有思想僵化，因为偶尔他会对那些我觉得全新的思想和理论发表自己的意见。

"阿多诺[1]要求一个人拥有个人权利，可以毫无恐惧地成为另类……"这句话留在了我的记忆里。在我的青年时代，我绝不会想到一个人还有这样的一种权利！

阿尔贝特为何自杀，这件事谁也说不清楚了，但我隐隐约约地预感到这件事跟胡尔达有点关系。在我们的游戏中，阿尔贝特是母亲，我则是父亲。

那位社会学专业大学生留着马尾式的头发，戴着耳环，这就是我这个老傻瓜给他仓促归类的原因。结果有一天他带了女友过来，我不得不修正我的世界观。当我宣布取消送餐时，我将阿尔贝特的戒指送给了他：玛瑙做的浮雕宝石，上面是一位希腊哲学家英俊的侧面像。精神上的亲人正如血缘上的亲人一样，都可以是遗传所得。

严格地讲，和我的孩子那一代的年轻男子或者我自己那一代的年轻男子相比，我更喜欢当今的年轻男子。阿尔贝特是我可以和他咯咯笑个不停的唯一男孩。男人被教育说不许肆意地嚎啕大哭和哈哈大笑，女人却可以成为永远的孩子。我和阿尔贝特没完没了地突然狂笑，这对老师而言或许是一种负担，但对一个年轻人是有好处的。费利克斯和那个哲学系大学生没有为此花过心思，他们可能出于毫无意义的动机发出扑哧声。可我几乎一辈子都因为缺少它而感到遗憾。

我十岁的时候，阿尔贝特问我是否更喜欢做个男孩子。在此之前我从未考虑过这个问题，可我马上想起我的兄弟们要比姐妹们拥有

---

1 狄奥多·阿多诺（Theodor W. Adorno，1903—1969），德国社会学家、哲学家。

更多的自由。"男孩子可以做更多的事情。"我说。

"男人可以去当兵，打仗时被射死，"阿尔贝特说，"可男人没法穿漂亮连衣裙，也没法戴着珍珠项链。"

他对漂亮裙子、香水、玩具娃娃以及女红的偏爱，或许成了他的灾难。父亲把他送往寄宿学校。这本是好意，爸爸挑选了一所革新学校，在那里居于中心位置的并非普鲁士式的训练，而是推动人的整体发展。然而，这个问题是无法补救的，因为矮胖且不喜欢运动的阿尔贝特在那里也被强制参加体育课，这些体育课折磨着他。唯一安慰他的就是学校里的那位女厨师。

阿尔贝特一定会和我的外孙及那位大学生——他可能叫帕特里克——相处得更好，而不是和寄宿学校里那些粗鲁的同学。有时我制订了大胆的计划：我想邀请费利克斯和帕特里克一起参加追思阿尔贝特的茶话会。首先这两个年轻人应该互相认识一下，其次我想和他们谈谈我那死去的弟弟。

可在此之前我得对这个家进行一次清理。也就是说，自从我的女友米勒不再活在人世以来，我早就想做清理了。我和米勒是多年的好朋友，墙上挂满的那些拙劣的艺术品，都是她当年送我的东西，而在她生前我出于敬意又不能扔弃。米勒是一个心地善良的女人，但毫无品位，这一点不得不说。在我们青年时代最先有了丢勒[1]的那幅兔子画，大家现在确实还可以争论这样的画作。接踵而至的是一幅用干花制作的自己粘贴的画作，马掌，玻璃小动物，雕刻和涂色的木头拖鞋，有着小画像器皿的铅字盒，钩织的大象垫子，穿着民族服装的玩具娃娃，以及铁制的气压计。

或许当它们真正消失的时候，那些年轻男子才相信我从未喜欢过这类东西。可是把它们弄到哪儿去呢？而紧接着，人们或许要给墙

---

1 阿尔布雷希特·丢勒（Albrecht Dürer，1471—1528），德国画家、版画家及艺术理论家，有《祈祷的双手》等作品传世。

壁裱糊一下或者至少粉刷一下——这所有的理由就在于，我还没有和胡尔达及那些年轻的男人一起安排过我的派对。或许在春天，根据我的经验，我的身体会更好一些，我会感觉到拥有更多的精力和生活乐趣。我将烘焙华夫饼干，这个我一定得做成，此外还要提供浓咖啡（或者他们只喝淡淡的药茶）以及很多的掼奶油。阿尔贝特喜欢奶油。之后再来一杯雪利酒——或者最好之前？胡尔达应该穿上我的浅黄色尖领真丝裙，再穿上从爸爸的工场里生产出来的象牙色绑带鞋。我本人穿了两年体操鞋，以前我连做梦也不会想到会有这种事，我们的爸爸更加不会。但你可以说自己想要什么，体操鞋要比有鞋垫的鞋子明显便宜，像拖鞋那么舒服，同时完全经得起踩踏。米勒死了，她的那些行为规矩我再也不用管了。

米勒与我虽然是同班同学，但完全不是我的朋友，直至她跟我哥海纳订婚，我们才走得越来越近，因为自此以后，她每天都出现在我们家。当婚约很遗憾——或者是谢天谢地——解除的时候，她刚好芳龄二十，因为海纳爱上了另外一个姑娘。当然我们家因为他的缘故感到心有愧疚，我也想方设法地安慰米勒。直至她去世，我们始终是知心朋友。顺便说一句，和海纳分手后，米勒相当迅速地结了婚，和一个无聊的老实人。四十七岁成为寡妇后，她才激动地发现了肌肤之乐。悲剧的是，从那时起，她变成了浪漫的淫荡狂。没有工作的服务员和不可信赖的独来独往之人不得不长达数十年地忍受她那些闹着玩和装出来的爱情怀念。是我说朋友的坏话了吗？如果真是这样，那就错了。米勒有一颗宽容的心，除了她我还能说谁的这种事呢？

我可以和她谈谈阿尔贝特的事。当时，就在他于一九三三年去世之后，我们兄弟姐妹连续数夜地猜测他的死亡原因。几个哥哥断定，从某个方面看，阿尔贝特想必是同性恋，即便他们没能往下想象更详细的情况。由于缺乏经验，我们姐妹接受了他们的说法。阿尔贝特从未有过一个朋友，他成了一个孤独的人。或许我是唯一和他大笑及玩耍的人。尽管他很长时间一直是父母的最小孩子，但他绝不是他们喜欢的孩子——顺便说一句我也不是。在总共生了十个孩子之后（其中三个生下不久就夭折了），母亲简直无能为力了。相反，父亲根本不喜欢这个胖嘟嘟的男孩，而为了不至于对他造成不公，他大多数时间对他视而不见。我们当时并不贫穷，但也不是特别富裕。让阿尔贝特读寄宿学校我们实际上负担不起，可或许父亲想用这种高学费使自己愧疚的良心得到平静吧。

今天胡尔达犹如一个野蛮女人摇晃不停，我完全头晕了，我将我的椅子移至窗口，好离开她的视线。我的视力越来越衰退，我需要很多的光线。我何时会失明也成了一个问题。为了还想稍稍享受一下她的样子，我在晚年的时光里开始给自己购买鲜花，换作以前我可不会追求这样的奢侈。不过我现在也没有把荷兰画家勃鲁盖尔笔下那些华丽的花束带回家，而只是零星的几朵鲜花而已。映入我眼帘的是一只玻璃小壶，在我父母家里这只小壶装满了油或醋。玻璃上面刻着一颗闪闪发光的星星，把手和壶嘴是由锡做成的。三朵白玫瑰的花茎周围飘浮着无数小气泡，我的窗口上的北极光使水表面变成了流动的银光。我理解那些荷兰画家希望将这样的美景永远地保留下来，并给鲜花静物写生增加了贝壳、昆虫及美味的水果。

明天我得给自己买上一些鲜花，那三朵玫瑰花在美丽中已渐渐凋谢。或许我要选择那种卡萨布兰卡品种的白色百合花。我全神贯注地专门研究白色鲜花，或许它们让我想起我的亲人们的许多墓碑，无论如何我觉得它们要比花花绿绿的姐妹们更加高贵。

我穿着草绿色的运动服去购物，这个运动服是女儿维罗妮卡从洛杉矶给我带回来的礼物，此外还有双体操鞋和一只橙色的旅行背包。我看上去并不像是一个令人望而生畏的老妪，那些目瞪口呆的汽车司机从大老远就可以发觉这一点。有了旅行背包，我就可以腾出双手撑上拐杖，拿上一束鲜花。我很高兴，我的年龄给了我自由，不必再让任何人喜欢上我。哦，我不想撒谎，当有客人来访时，我就喜欢完全变成一朵纯种的即便是枯萎的玫瑰花。

假若费利克斯下回过来的话，我不会又忘记请他帮个忙了。我家厨房里的那盏灯渐渐装满了，不过无疑装满的是死苍蝇，我不再喜欢爬上梯子拧开玻璃灯罩。此外，那棵桃金娘得让他拉到露台上去，我觉得现在不会再有霜冻了。或许我还可以请教一下费利克斯，米勒那些拙劣的艺术品可以被送往哪儿去，我无法下定决心让它们落到垃圾桶去。

当我的外孙上一次和一个朋友一起将那台坏电视机搬走时，我给他们俩送上几首叙事诗作为酬报。当我凭着记忆无论背诵席勒的《手套》、歌德的《魔王》还是比尔格[1]的《莱诺蕾》时，年轻的先生们吃惊不小。他们如今都在学其他东西。如果有朝一日我失明了，那么我拥有由歌曲和诗歌组成的宝藏，也拥有由陪伴着我的内心图画组成的宝藏。可那些信件我是无法再看了——胡尔达，我们今天可有信件呀？——我下去看下信箱。我的孩子们当然早就搬出去住了。只有费利克斯的母亲蕾吉娜还居住在达姆施塔特。我偶尔从遥远的国度里收到来自孙儿们的明信片。泰国、墨西哥、印度、澳大利亚——他们似乎哪里都敢去。我在考虑是否用那些异国情调的图片装满其中一个古老的金边镜框。可这一次信箱里没有一张明信片，只有一封真正的信。是胡戈写的，他将马上拜访我们。

"他是谁？"胡尔达问。

"胡戈是我生命中的一条红线。"我说。

胡尔达对此摸不着头脑。再说我也不是很清楚她究竟有多大。

---

1 戈特弗里德·奥古斯特·比尔格（Gottfried August Bürger，1747—1794），德国诗人。

就像从前我女儿的那些玩具娃娃一样，她是用制型纸做的，而不是用塑料。正因为如此，她对潮湿很敏感，她的左臂稍稍有点损坏，可能是由于存放处潮湿引起的。

胡戈要来了！伊达去世以后，我就没有再见过他。当年认识他时，我才十五岁，我们家最小的孩子爱丽丝才七岁。范妮十七岁，伊达二十岁。因为没有算上我家最小的妹妹，人们常说这是对年轻小伙子很有吸引力的三姑娘家。胡戈经常上我们家来，一开始装作和我的两个哥哥成了好朋友。

我绝对可以肯定，他是偷偷爱上了我，因为激动才脸色绯红。

胡戈跟我和小爱丽丝调情，跟范妮和伊达聊上数小时。"那么，究竟谁被选上了呢？"有一天爸爸情绪颇佳地问道，然后好奇地注视着两个姐姐。

她俩马上脸红了，可我做出了回答："是我！"

大家全都哈哈大笑起来。遗憾的是，我不够机智果断，没有跟着哈哈大笑。我奔出家门，痛哭起来。后来我才获悉，大姐伊达已经和他偷偷订婚了。

胡尔达摇摇头。这是很久以前的事了，她说，你不会还一直爱着他吧？

我若有所思地看着她。顺便说一句胡尔达，令人尴尬的不是父母猜出了我的秘密，而是害怕伊达可能会向她的未婚夫谈起我的爱情梦。他们一定会觉得这个幼稚的孩子很好笑。从那时开始我就避免和胡戈面对面。直至好几个月之后，从窗口观望到他在院子里想教我的姐姐们学骑车时，我才敢走出藏匿处。范妮和伊达表现得相当愚笨，由于我更具运动员身材，所以这一次可以胜过她们，我知道得一清二楚。胡戈抓住我，可所有的人马上发现我在没有任何外来支撑物的情况下依然可以得意洋洋地转圈。

不过，这样的技巧没能帮上我很多忙，因为父母认为一个年轻姑娘独自一人在公共的马路上骑车是有失礼仪的。和我的女友们不同的是，我只能在我兄弟在场时骑车。尽管阿尔贝特肯定非常喜欢我，但他却从未想到为了我一跃跨上自行车。

现在就要严肃对待清理工作了。两周后胡戈就要来了，到那时就不应该还有任何东西会使人想起米勒来。我马上果断地取下铅字盒，拿来一只存放脏衣服的篮子，将这幅拙劣的小画像放了进去。或许某一个孩子会喜欢这些东西。正如预料的那样，在那张裸露的裱糊纸上可以看到一个浅色的四角形。我沮丧地重新停了下来。

今天是个温暖的日子，众所周知，春天始于三月底。我重新开始盲人训练。别误会我的意思，我还有足够的视力、听力、嗅觉，只是不知道还能持续多久。在穿越各种小菜园直至那汪小泉水的短暂路途中，我尝试屡次三番地闭上眼走上五至十步。另一方面，这自然很遗憾：连翘在所有的花园里盛开，接骨木正在变绿，堇菜花已经开放，银莲花像白色星辰一样闪闪发光。当终于坐在长凳上时，我就闭上眼睛较长时间。那汪小泉水在发出潺潺声，山雀在唧唧喳喳地叫着。我听到狂风在树冠之间发出怒号，而当两根树枝被刮下来时，就会出现一种阴森可怕的声音。也可以听到一只啄木鸟、一条狗儿、一辆汽车的声音，或者一架飞机、一个电锯、远方的高速公路的声音。我轻轻地背诵特奥多尔·施笃姆[1]的一首诗：

> 激动不安的时候，没有任何响声
> 还会穿越你的孤独之中。

一百多年前，德国可能还有一些人迹罕至的偏僻地方，人们在那里真的只能听到大自然的声响。此外，我要在下一次郊游时捂住我

---

1 特奥多尔·施笃姆（Theodor Storm，1817—1888），德国作家、抒情诗人。

的耳朵，只用鼻子和皮肤对风声、气味和温暖做出反应。

　　春风使我充满渴望，像新娘一样罗曼蒂克。我禁不住咯咯笑起来。在和我一起闹腾的人中，阿尔贝特是唯一的男孩，而胡戈是唯一的男人。两周后他终于又要到我这里来了，只是他现在已经不小于八十八岁了。

第二章

　　以前我非常熟悉胡戈的字体，可现在碰到开首第一句话就出问题了。"亲爱的夏洛特"是我预料到的，但这种捎带曲里拐弯的花体字，也可以被看成是"最亲爱的"。不过到目前为止，他从未使用"最亲爱的夏洛特"称呼过我。难道我该赋予这种新的版本更深刻的含义吗？难道只是因为我视力差导致的错觉，或者完全是由于他的手颤抖引发的结果吗？我根本不清楚胡戈将以何种心情面对我。他听力很差，不想再打电话，这一点我知道，在和人说话时他通常戴着助听器。可或许他也穿着尿不湿呢。我对老年男人缺乏了解。总体而言，除了我们不必受到前列腺没完没了的折磨之外，他们和我们女人一样有着身体上的疾患。不过我对这一点兴趣不大，对我而言至关重要的是胡戈是否在精神上依然健康。另外，他平时可能很难独自出门旅行，或者他很有可能在不太年轻的女儿的搀扶下过来吗？

　　自从年逾八十之后，我一直充满着感激，因为我的孩子们还没有剥夺我的独立行动的权利。让我居住在这里，难道对他们而言不是更容易吗？在养老院里生活，恐怕让我很难忍受。和我不同的是，胡戈从未独自生活过。自从伊达姐姐云世之后，他的独生女海德玛丽照料他的日常起居，这也可能使他的行动权利被大大地剥夺了。为何他不是多年前就上我家来呢？现在是十二点差五分，最亲爱的胡戈。

在阿尔贝特认识的人中，只有很少几个人尚在人世，胡戈属于其中之一。胡戈第一次上我们家时，阿尔贝特已经在寄宿学校求学多年。

在学校的一次圣诞晚会上，阿尔贝特第一次在舞台上成功地扮演了天使的角色。他还没到变声期，穿着白色长袍用所谓超自然的声音演唱《我从天堂而来》[1]。放假回家，他只知道一件事：和我一起玩"玛利亚和约翰"的过家家游戏。因为我们早已过了胡尔达的年龄，于是胡尔达又一次很荣幸地扮演圣婴耶稣的角色。阿尔贝特承担了玛利亚、一些天使以及那只公牛的角色，我则不得不充当驴和约翰。我们为此笑出了眼泪。另外，我们知道这是一个相当幼稚的玩笑，因此在其他家庭成员面前保守我们演戏的秘密。我们的圣诞喜剧在寒冷的阁楼上举行。

当阿尔贝特在他的戏剧小组扮演苏格兰女王玛丽·斯图亚特时，他的年龄当然就更大了。或许这是他一生中最成功的经历，而此后在学校里他被称为"玛丽"，也并没有让他反感。其间我已对这种戏剧表演感到厌倦，因此假期里没有很兴奋地和阿尔贝特爬上阁楼。他在那里穿着我的舞会女礼服，朗诵戏剧里的台词；事实上我认为我的弟弟这样胡闹时年龄已经太大了，可出于真诚我至少成了他的观众。不过我怀疑他也会孤零零地站在镜子前试演他的角色，因为我总是有连衣裙、首饰及鞋子消失。

父亲有一条大腿僵硬又太短，这使他在"一战"时免于兵役。他的弟弟在凡尔登[2]阵亡，他良心上似乎过意不去，因为他的两个大儿子不得不借助于一大群锡兵再现历史性战役，然后被他培养成具有好战思想。其他父母当时在战后更喜欢给他们的儿子购买"埃拉斯托林"牌小农庄或者动物园。我未必想说，海纳和恩斯特·路德维希只

---

1 马丁·路德创作的一首德语圣诞歌曲。

2 凡尔登，现为法国东北部城市。1916 年，著名的凡尔登战役在此发生，是"一战"的转折点，对 20 世纪欧洲格局产生重要影响。

是因为这样的教育而在"二战"中阵亡。可若是米勒嫁给了我的哥哥海纳，她还要更早成为寡妇。

父亲虽然是一个受过专业培训的鞋匠（他把特别的爱给了矫形鞋子，他自己确实也需要这种鞋子），但他因入赘关系而继承了一个大鞋店，不再亲手在那个附属工场工作。究竟哪个儿子接管自己的店铺成了一大问题：大的两个对此毫无兴趣，阿尔贝特被视为不完全具备接管能力。伊达和胡戈订婚时，父亲感到机会来了，因为胡戈也出自商人家庭，只不过他们那里的商品更为精致：他的父亲拥有一家珠宝店。胡戈打乱了两个父亲的计划，上大学去了。出于罗曼蒂克的原因，他想做护林员。我认识他时，他穿着一套绿色西装，尽管他不久前才上的林业学校。

伊达当时开始唱赫尔曼·隆斯[1]的歌，范妮为她弹钢琴伴奏。她们谈起森林和荒原，谈起红玫瑰和热吻。我怒气冲冲地听着，用无聊透顶的问题或者在隔壁房间里大声呵斥来打扰她们。有一天，伊达唱道：

> 绿色荒原知道的事
> 和母亲毫无关系，
> 谁也不知道这件事，除了我
> 以及那个年轻猎人……

以前我简直崇拜比我大五岁的大姐，现在我开始讨厌她。我唆使小爱丽丝去偷伊达的"施托尔韦克"牌和"埃达尔青蛙"牌的小贴纸和宣传贴。我和阿尔贝特悄悄地分享她的艺术家明信片。演员洛塔尔·米特尔[2]是当时所有年轻姑娘的崇拜对象，伊达拥有二十张他签

---

1 赫尔曼·隆斯（Hermann Loens, 1866—1914），德国记者和作家，生前即以猎人、自然诗人和乡土诗人、自然学者与保护者而成为传奇。

2 洛塔尔·米特尔（Lothar Müthel, 1896—1964），德国演员和导演。

名的明信片。

伊达身材苗条，气质高雅，是一个正宗的城市孩子，无疑完全不适合在奥登瓦尔德山区的林务所过日子。她十八岁开始在商店里帮助父亲。她要么坐在收银台前，要么给有着特殊要求的顾客提供咨询服务。父亲的一个小陈列柜里摆放着手工制作的鞋子——大量的鞋子当时都来自一家工厂——因此这些鞋子几乎显得太漂亮了。伊达独一无二地懂得将这样一只有鞋跟的鞋子夹入左手的四个手指然后举起来，以便优雅十足地向买家展示，犹如展示一个新生王子。她温柔的双手难道会剥兔子的皮吗？

顺便说一句，我无法想象胡戈也适合从事这样的职业，我应该好好记住这一点。他射杀第一只雄狍时，就挺让人担惊受怕。他要对这只被射死的猎物开膛破肚，然后掏出它的内脏——他的话里流露出更加符合狩猎规则的意思。当所有的人看到他吓出一身冷汗、他的双手颤抖时，那是一个可怕的时刻。

伊达不久就怀孕在身，或许这对胡戈而言根本不是坏事。我从范妮那里获悉此事。这种激动不安想必超出了我的父母在迄今为止的中产阶级日常生活中所经历过的一切，很遗憾他们并没有让我参与其间。两个家庭的家长们关起门来举行秘密会议。"立即结婚。"我父亲要求道。"立即中止大学学业。"胡戈的爸爸要求道。或许两家的父亲甚至偷偷庆贺，作为惩罚，胡戈现在面临究竟选择在两家商店中的哪一家工作。

他上了岳父家的店里工作。父亲很高兴；随着年事已高，他日益受到残疾的困扰。我们达姆施塔特的家就在市场广场旁，店铺位于底层，二楼是住房，三楼和阁楼房布置有多间卧室。陡峭的楼梯使父亲元气大伤。伊达是家里唯一对鞋店感兴趣的人，当时就已经为他分忧解难。胡戈不是傻瓜，继续上大学这种荒唐可笑的念头肯定马上就会消失。马上举行婚礼的话，等几个月之后生下孩子，就可以说是早产儿，不至于引发任何丑闻。唯有我感到极度悲伤：胡戈——难道就成了鞋店的售货员吗？伊达呢，我们并没有询问她的意愿，说不定她宁愿进珠宝店干活，可以优雅自如地出售戒指和项链，可她一定很高兴，可以如此侥幸地死里逃生。

阿尔贝特不动声色地容忍这些东西，他只是对婚裙感兴趣。我渴望和这个我喜欢的知心弟弟谈论伊达怀孕的事，我——今天谁也不会相信我这一点——只是一个不完全开明的人。我不敢问哥哥姐姐，但可以和阿尔贝特说话，就像和一个好女友一样说话。可他不愿意。"我很悲伤，"他说，"瓦伦蒂诺[1]死了。"

若不是胡戈每天出现在我们家里，或许我就可以很快忘掉他，然后爱上另一个男人。他在父亲的店铺里工作以来，每次午餐时总是和我们一起吃饭。我至今还能想起在我们面前摆着一张桌子，这张桌子大到足以容纳十二人就餐。父母分坐上下席。按照古老的传统，最小的几个被分派给妈妈，最大的几个被分派给爸爸。要是阿尔贝特不在寄宿学校，我就坐在他和范妮之间，胡戈被分派坐在伊达旁边的一个座位上，恰好坐在我的对面。只要我在喝汤时抬起头来，就可以看到他的目光。他马上注意到我和阿尔贝特最有趣，使出浑身解数引我们发笑。父母若不看过来，胡戈就让刀叉架上的兔子像狮子一样蹦蹦跳跳地穿过餐巾圈，或者吮吸盐钵。

父亲虽然在某些事情上非常严格，但在饭桌上还算无拘无束。他自己在桌子的另外一头扯着嗓门同海纳和恩斯特·路德维希讨论他一生中的精神创伤：这段时间早已摆脱了的一九二三年通货膨胀。他喜欢拿出一张一万亿马克的钞票，或者教训我们说，当时打一个电话得花上五十万马克。

---

1 鲁道夫·瓦伦蒂诺（Rudolph Valentino，1895—1926），意大利演员，是无声电影时代最知名的演员之一。

一名女佣把饭菜送上餐桌，铺桌布是我的事，而收拾餐桌则由范妮负责。我们只在周日吃饭时才使用迈森瓷器[1]，平时的工作日里使用陶器餐具。那些刀具以蹦跳的兔子状乖巧地摆放在银制刀具架上。无聊的是，总是有汤、蔬菜、煮熟的肉、土豆和糖煮水果。只在周五时我们才可以吃上土豆煎饼和苹果酱，在洗衣日可以吃上黄色的豌豆大杂烩。

父母那些古老的蓝白相间的餐后小吃盘子，我还保留着一只。就在不久前，盘子里还装满了坚果。盘子边缘呈柔和的弧线伸展，它在三个位置上逐渐变成格子结构，其中每三个玫瑰花饰状的小型花卉图固定支撑在有孔的瓷器上。我的盘子中间被优雅地画上了受到中国画启发的花朵和叶子。每周一次，我们用这种艺术品盘子品尝蛋糕，周日在客厅里喝咖啡。客厅里有一张快要散架了、几乎没法使用的樱桃木书桌，此外还有餐具柜和一块一人高的镜子，镜子被固定在一个架子上。长沙发和沙发椅上铺上了淡绿色的长毛绒，沉甸甸的窗帘是用深绿色的天鹅绒做的。

长沙发上面挂着一幅伯克林[2]的《死岛》版画，餐具柜上面挂着一张露易丝王后[3]的图片。所有的女儿都要在这里和她们的未婚夫拍照留念。我们的哥哥海纳拍摄了那些照片，他跟一位摄影师学过摄影，之后在一家报馆工作。

因为两天前生病了，我无法在伊达的婚礼上跳舞。这是一种严重的肺炎，可我自以为上帝是为了惩罚我才让我得了肺结核。直至最后一刻，我还希望和祈祷着，并且借各种巫术试图阻止胡戈的婚姻。但是因为伊

---

1 迈森距德国萨克森州首府德累斯顿约 25 公里处，盛产著名的迈森瓷器，亦是阿尔布莱希特城堡、哥特式建筑迈森大教堂和迈森圣母教堂的故乡。

2 阿诺德·伯克林 (Arnold Boecklin，1827—1901)，瑞士象征主义画家。

3 露易丝王后（1776—1810），以普鲁士露易丝王后著称，系普鲁士弗里德里希·威廉三世国王的妻子。

达已经怀孕，我只能还寄希望于命运让她在分娩不久后死去。我想使胡戈摆脱痛苦，一年后嫁给他，在爱的怀抱中将姐姐的孩子抚养长大。

上帝的惩罚不仅仅由一场肺炎组成。由于伊达不能再出现在商店里，父亲决意将我培养成一名鞋业营业员。本来应该轮到范妮，但她一年前开始了培训，上了福禄贝尔师范学校，想做一名幼儿园老师。范妮坚强到足以违抗父亲的无理要求，不过却是让我付出了代价。我刚刚通过了普通中学毕业考试，那是在一九二六年复活节时，心想无论如何要再拿到高级文理中学毕业文凭，甚至最后能上大学去。父母都不让自己的儿子上大学，也不会考虑女儿这种过分的要求。不管我愿不愿意，我都必须卖鞋，而且是从早上直至商店打烊，日复一日地和胡戈在一起。

我的妹妹爱丽丝出生于一九一九年，她喜欢说我们的父母一定是用繁衍后代的方式庆祝战争的结束。伊达举行婚礼时，爱丽丝才八岁，新郎新娘在城市教堂里交换戒指时她可以作为最小的孩子手捧一束鲜花。范妮作为伴娘也引人注目，而我却是躺在床上哭泣和发烧。

我有一张爱丽丝的照片装在玻璃隆起的黄铜小镜框里，那是海纳在伊达的婚礼上拍摄的。爱丽丝彬彬有礼地坐在厚实的靠背椅上，如同现在那样若有所思地望着这个世界。我们这些姐姐在她那个年纪仍然将头发编成不同式样的辫子，而从爱丽丝身上可以看到摩登时代即将来临。丝一般光泽的童发被剪成了短发，刘海上的几缕头发直抵眉毛。为了参加这次婚礼和拍摄这张照片，她有了一条崭新而短小的连衣裙，腰身上用褶裥装饰，胸脯之上挂着一个小巧玲珑的银制雕饰，上面镶嵌着一个搪瓷做的勿忘我小花环。长及膝盖的白色袜子、黑色的绑带鞋以及一只玩具狗熊使整个布局完美无缺。

哦，胡尔达，我过多地生活在过去中，眼下是不合时宜的。胡戈马上就要来了，我不想作为多愁善感的老妪面对他。在他来之前，我得清扫、整理、清理以及外出购物。今天我还要给费利克斯打电话，毕竟他是住在附近的唯一外孙。费利克斯替我干了很多活儿，开车送我看病——我的天哪，我也得去理个发——还给我领取养老金。每次我都给他一些钞票，但我知道不给钱他也会帮我的忙。或许他还可以和他的朋友一起快速地粉刷一下屋子——之后我还要取下所有那些容易积尘的装饰物，至少在客厅里。胡戈是否在我家里过夜？我可以在那个舒适的小房间里给这样一个老人安排一张折叠床吗？

费利克斯当然不在。他在大学里攻读机械制造专业，或许正因为如此他的电话拥有那种可怕的留言功能，我可以对着电话另一头说我想说的话。我马上又把电话挂断了，然后拿来一张便条，在上面写下我要说的话。我没有说一声"啊""嗯"就把信息录完了。我的女儿蕾吉娜，也就是费利克斯的妈妈再三提醒我，别在中午十二点前给一个年轻人打电话。可我认为这是开玩笑，因为大学里上课恐怕不会真的全都安排在下午吧。

"我爱你妈妈。"胡尔达突然说。也许大白天里看着电视我稍稍有点打瞌睡吧。只有在看那些低能的美国连续剧时，父母、孩子、兄弟姐妹们才会彼此不断冒出这样的话来，情侣之间偶尔也会。在我的童年时代，家庭成员不可能相互说出这样的话，尽管他们肯定比电视里的美国佬们更加喜欢彼此。我曾经给我自己的孩子说过这种话吗？我被教育过一种有爱的生活，而不是把爱字重复到令人生厌！我应该向胡戈坦陈六十多年来我一直隐瞒不说的事情吗？他反正已经知道了。

他来的时候，我是否要让胡尔达消失？他对我足以了解到真正懂得这个小玩笑吗？到头来他认为我发疯、老朽、痴呆。我这方面当然也得小心为妙，别把他那些可能的怪念头同样编入那只陈年老旧的抽屉里。胡戈无疑是一个英俊的男人，否则我们所有的人就不会全都被他强烈吸引住了：伊达、小米勒、范妮、我，还有其他一些人。但不单单是外表，他风度翩翩，谈吐风趣，而且正如现在人们所说的那样，非常性感。除此之外还可能剩下什么呢？

第三章

不仅我在伊达和胡戈的婚礼上郁郁寡欢，阿尔贝特也显示出一种令人奇怪的惶恐不安。尽管如此，他是家里唯一稍稍关心我的人，其他人则是疲于应对忙碌不堪的场景。商店关了几天门，可对女店员和男学徒而言，在结婚的大喜之日尽力帮忙却是一件义不容辞的事。结婚仪式之后，大家期待享受一份大餐。起居室、餐厅和会客厅布置上了长长的桌子，在厨房里，一位外来的女厨师使我们自己家的女厨师陷入了混乱之中。我从床上听到了移动声、拖曳声、当啷声、叫喊声、哭泣声以及笑闹声。阿尔贝特总是不断地出现在我身边，给我带来茶水和面包干，告诉我说那个女佣打碎了迈森盖碗，爱丽丝偷吃了圆形大蛋糕，母亲找不到她的紫晶项链了。我既激动不已又无精打采地倾听他所说的一切。"你肯定很喜欢伊达穿着白色连衣裙的样子。"阿尔贝特说。我拒绝了。

"你那件花边衬衣在哪里？"他随后问道，接着坚定不移地去了衣柜那里。他要拿它干什么？"大家还会对我刮目相看的。"他说，可看起来还是不够自信。

我病得太凶，没法继续问东问西。后来，有人给我讲述了所有的一切：兄弟姐妹们想出了一个令人惊喜的安排。胡戈的姐妹们上演了一台小型戏剧，海纳印刷了一份婚礼报，上面刊登了新婚夫妇的童年照片。恩斯特·路德维希和范妮穿着宫廷服装跳小步舞曲。就连我们的牧师也在一同庆祝，显得兴高采烈。婚礼上当然也有一本正经或者令人伤感的谈话。当整个节目本来准备结束的时候，一名教堂唱诗班中唱歌的男童穿着我的衬衣出现了，他把它当作长衬衣遮住他的短裤。在被兴奋感染之下，海纳对着这个宫廷幽灵哈哈大笑，可范妮向他投去警告性的一瞥，然后坐到钢琴旁，给阿尔贝特伴奏起来。阿尔贝特唱起了那首《圣母颂》。

那个新教牧师开始不安起来，他讨厌这种天主教的歌曲。父亲突然满怀羞耻地听到原来是他的小儿子在用阉人歌手的嗓音演唱。这是一个柔弱的胖男孩，他在爱意和尴尬之中喜气洋洋地注视着新郎新娘。当人们还在考虑这是否涉及忠于教皇的拙劣艺术品，人家是否应该拍手鼓掌时，胡戈年迈的祖父声音过大地嚷道："一个讨人喜欢的姑娘！"

母亲在她的一生中第一次证明自己的机智果断，因为她斩钉截铁地说道："对，如果没有我们的范妮，我们就得放弃钢琴伴奏了。"

阿尔贝特期待有人鼓掌，可某种胆怯阻碍了大家这么去做。刚刚像一个女人那样唱歌，穿着打扮像圣坛侍从，并且眼里流露出感动的眼泪，这个人是谁？换作今天，大家一定会拥抱他，当时却干脆对他不理不睬。伊达面对这个全新的弟弟也感到抬不起头来。

我们的弟弟阿尔贝特，他尽管爱将自己一览无余地展露在所有人面前，却只能像一只遭遇蹂躏的小狗那样悄无声息地溜走了。他在我的床头跪下。他无法解释什么，最后我和他一起痛哭。

后来，范妮也遭到了指责。父亲问，在这个尴尬的场合中，她为何要出面力挺自己的弟弟？范妮觉得自己受委屈了，她要为自己辩解，但是她又不小心透露说她有一个信仰天主教的女友，自己经常随她参加庄严的弥撒，对那里的习俗印象深刻。这让父亲感到害怕，他以后难免会听到人家议论，这个迄今为止一直没有任何问题的女儿想要皈依天主教了。

或许父亲激烈的反应让范妮醒悟了，因为人们完全可以说，当时发生的一切确定了她未来的人生方向。阿尔贝特的《圣母颂》感动到她的心了，而恰恰牧师和父亲这样的不理解让她成了殉道者。正因为如此，阿尔贝特干脆重新唱起歌来，因为他认为他的歌声无与伦比地悦耳动听。

顺便说一句，阿尔贝特养成了家人都无法提出反对理由的坏习惯：自从一九二二年十岁时看过《印度墓碑》之后，他喜欢上了电影。我们的父母不属于拥有戏剧或音乐会长期预订票的有教养国民。他们为范妮购买钢琴，泰然自若地容忍伊达对电影男明星亲笔签名的热情，这已经够不错的了。在电影院里，他们并不是嗅到了对艺术的可疑味道，他们将它视为一项居民娱乐活动，我们经常被允许和阿尔贝特一起寻找他快乐的地方。他对那些东西了如指掌，不仅知道所有无声电影明星的名字，也知道那些导演，甚至那些电影布景师。我晚年去看电影时，常常觉得仿佛阿尔贝特就坐在我旁边，嘴里含着糖果，将他的香肠型小手指抠入前排靠背上。有时，一个恼火的家庭妇女转过身来看着我们，因为阿尔贝特的戒指落进她的发网里了。

"你就像我的父亲，"我开着玩笑对胡尔达说，"他和你一样完完全全是个宅男。"为了仅仅在发生重大事件时才离开家门，父亲善于拿他那条僵硬的大腿为自己辩护。他最喜欢看到全家人聚拢在他这个家长身边。母亲早年经常跳舞，想必也是非常喜欢夏日到海边去。她至少坚持偶尔带上其中一个孩子去看轻歌剧。父亲对大学生和艺术家怀有深深的怀疑，他认为前者狂妄自大，后者精神错乱。他唯有对技术进步感到欢欣鼓舞，这也就是他的二儿子学习摄影的原因。其间，海纳已经任职于一家报社，为当地一些活动，诸如体操比赛、兔子育种、金婚盛典或者教堂落成典礼纪念日撰写过短新闻摄影报道。父亲喜欢看报，当儿子的大名出现在一篇文章里，他感到很高兴，将儿子的职业视为差不多是很体面的工作，即便这份职业无法和一门手艺相提并论。他的大儿子恩斯特·路德维希在默克医药公司担任化学实验员，他比伊达大一岁，也就是在伊达结婚时他二十二岁。所有的子女都住在家里，因为谁都没有成家。可是，对即将生儿育女的伊达而言，她必须寻找一个新的住处，她和胡戈搬到了附近的一个三居室住房，这样的话父亲至少还可以把所有的孩子召集起来吃饭。

多年以后，由于缺乏运动，又有美食相伴，父亲变得大腹便便起来，此外也有了双下巴。他的头顶早就秃了，只有剩下不多的几根被剪短了的头发将光溜溜的秃头围起来，这样他的眉毛显得越发茂密了。小胡子伤心地下垂着，使他始终显得很严肃。可父亲不是一个不满足的人，他已经小有成就，也受人尊敬。如果他抱怨，也就是抱怨他的"瘸腿"，年轻时的粗野，以及极端政治运动的增加。

有时，当我对现在感到恼火而怀念着美好的旧时光时，那么我就感觉仿佛听到父亲在劝诫我。算了吧，我对自己说，这世上总有战争、残暴、卑鄙、自私和贪婪，尤其还有面对魔鬼诱惑时的盲目。人是不会变的。人一旦十分严肃地以为以前一切都比现在更好，那他就是老了。天晓得，我现在真是已经八十多岁了，但我脑海里依然还想年轻一会儿。胡尔达疑惑地看着我，她似乎在想，不管你是否愿意，你的脑子像你的其他器官一样老了。

我是绿色和平组织的成员，选择了绿党，给第三世界一个有教父的孩子支付费用，三年前被人拖着参加了一次复活节示威游行几乎有半个小时之久。这种事终于有人从我这里学去了。问题是，是否我应该跟胡戈彻底谈谈这些行动？

"别这么做，"胡尔达劝告我，"你不是跟我说过他有多么讨厌共

产党人吗？复活节示威游行——这事他肯定不懂的。""胡扯，"我说，
"你们不必总是把一切都混为一谈，但我看出来了，老男人保守而固
执。"——胡尔达对我很满意，开始摇晃。一只鞋子飞到我的脚前。
我捡起那只小巧的绑带鞋，又一次发现，一流手艺质量牢靠，可以几
近毫无痕迹地挺过那么多年。

父亲为我制作了这只鞋。他向怀孕的女儿建议亲自制作她的婚鞋。
伊达转过身来。"你已经很久没有制作过鞋子了，爸爸，"她温
柔地说，"我不想对你提出过高的要求。"说完她毫无信赖地望了望父
亲自己的那只半高筒矫形靴子。
他真的稍感委屈，因为胡戈也在，我赶紧说道："你不是也可以
给我做些鞋子吗？爸爸，我肯定马上也要结婚了！"
大家全都目不转睛地打量我，难道我十六岁的年龄就有秘密情
人了吗？可父亲对自己有朝一日制作一双时髦讲究的女鞋的主意很
喜欢，因此他同意了我的请求。"在有四个女儿的情况下，这不可能
会是坏事。"他说。
其结果就是我手里拿着的这只象牙色鞋子，它真是太漂亮了，
伊达都感到愤怒至极了。

自从我的姐姐在商店里帮忙之后，父亲就不再出现在店铺里了。
他坐在自己的办公室里，看看报纸，抽抽雪茄，核对账单和订货情况，
只是为了表明自己的无所不在时才偶尔突然露面。后来，胡戈来了，
最后我也去了店里，而始终有一个家庭成员在场进行监督检查，父亲
也就可以放心了。
胡戈将岳父那里的某个施奈德小姐接纳为专业人员，除他之外，
她就是我的上司。她熟知一切，比我们还更了解父亲。母亲和她之间
有着轻微的竞争，但两个人都聪明到足以满足于自己的领地。施奈德

小姐指导我从一侧坐到那张试穿鞋子的矮凳上——而裙子不至于向上移动——顾客的脚置于斜面，快速而灵活地解开鞋带，脱下旧鞋。面对由陌生的短袜、长袜、双脚引发的意想不到的情况，她不得不摆出一副亲切无畏的面孔。

今天，如果我要给自己买鞋，只有很少的一些商店可以获得那里的专业人士的建议。大多是一些依靠自助服务的连锁店，售货员们漠不关心地倚靠在墙边，彼此聊着天，一旦有人提问便感觉受到了打扰，气呼呼地做出反应。可因为我当时只是还想买双体操鞋，所以就觉得无所谓。我走进一家商店，寻找合适的尺码，把鞋盒提到收银处。

尽管我自己的鞋子样式老气，但我在候诊室和有轨电车上首先关注的是人们的脚。青年时代学过的东西，它会留下烙印。虽然如今我本人肯定给父亲的鞋子心理学充当了一个不好的例子，但我就是根据鞋子的品质判断一个陌生人。好在我糟糕的视力阻止了我过分喜欢上我的成见。

当我开始作为售货员的学徒学习时，伊达待在家里编织婴儿用品。胡戈不用给顾客穿鞋和脱鞋，他在收银处感到很无聊。有时他消失在仓库里。我认为找个借口上那儿去是一个好主意，却看到胡戈坐在一只箱子上抽烟。他当时虽然并没有像我希望的那样引诱我，可他鼓励我抽烟。虽然胡戈也完全有可能在父亲的办公室里点上一支烟——店里禁止抽烟——可他不想促使岳父注意到他频繁地休息。我们成了同谋。

胡戈只比他的妻子大几个月，当时才二十一岁。他迷恋上了她；他认为我是一个孩子。不过伊达不喜欢看到我在商店里占据她的职位。她支持我应该继续上学，即便不是完全出于无私。"胡说！"父亲如是说。对我而言，这个话题反正已经死了，因为我每天越来越爱上胡戈，而面对伊达的大肚子，我违反任何理智和道德地想象她将马上死于分娩时。

在受洗日，胡戈和伊达的女儿被取名为海德玛丽，这个名字促使兄弟们开出一些含沙射影的玩笑，不过并没有在我父母在场的时候。胡戈仅仅说道："达姆施塔特市内外没有异教徒[1]。"

无论是伊达还是海德玛丽，不仅活着挺过了分娩期，而且身体状况非常棒。胡戈建议让我担任教母，但伊达更倾向于选择范妮。

是否海德玛丽马上将她的爸爸交给我？目前她六十六岁，她在五十岁时头发就已经白了。

我已经说过，胡戈虽然在人生的早年就成了丈夫、父亲和小上司，但基本上还根本不知道自己想要什么。或许在同龄人之中读过几年大学一定让他很受益吧，所以只有我还陪伴在他左右。

父亲商店的女鞋区是最大的营业区，正因为如此那里也设有收银台。出于教育学的原因，父亲肯定希望在儿童区那里看到我吧，可他让我自己选择（或许由于问心有愧吧）。我出售女鞋，因为我从那儿可以看得到胡戈。如果施奈德小姐在男鞋区，而父亲在办公室的话，我为了给胡戈留下深刻印象，就会硬塞给顾客卖不出去的东西或者完全不合适的鞋子。

一天，我以前的女老师施奈冈斯小姐出现在商店里。她看到我很高兴，马上气喘吁吁地在我身边落座。

她说需要舒适又耐穿的黑鞋配她的灰色服装，鞋子不必受流行时尚左右，也不用很值钱。我拿了一双她所希望的那种鞋子，但也额外拿了几双"极乐鸟"牌子的——红色舞蹈鞋、漆皮轻便鞋、编织轻

---

1 Heidemarie（海德玛丽），Heide 还有"异教徒"的意思。

便鞋、正式场合穿的高跟鞋及罗马系带凉鞋。起先她满怀同情地微笑着。"夏洛特，你开始学徒还没有很长时间吧？"可我还是说服她至少试穿一下那双鞋头和鞋后跟的黑色贴皮为鳄鱼皮的黄色夏鞋。这是一个很奇特的样品，用手套般柔软的牛皮做的。我感到欣喜若狂，招呼胡戈过来，他也突然眉开眼笑起来。她有怎样一只娇小的脚呀，这只鞋如何才能使这只漂亮的脚产生美感呢！这个不是很年轻的小姐感到很迷惘。当她穿着那双黄色夏鞋离开商店时，我们都想纵声大笑了。

次日，她又一次没打招呼地冲进商店，要求和我父亲说话。她退了鞋子，然后抱怨起来。父亲可能觉得也很有趣，因为他讨厌女教师。只是根据原则我不得不忍受可怕的责骂。至于施奈冈斯小姐请他关照重新让我去上学一事，还是值得父亲深思的。

在其中一个仓库里，摆放着和房间一样高耸的货架，如果有可能，我们和小孩子们一样习惯在那里玩捉迷藏的游戏。有一次我们被施奈德小姐逮住了，但她并没有告发我们，只是很使劲地清了清嗓子。我们不同于如今的年轻人——在承担义务方面要排在他们之前，在精神成熟度上则要排在他们之后。当我看到今天父母收入丰厚的孩子一方面从经济上保持依赖那么久，而另一方面他们完全独自周游世界，虽然是在和自己最亲爱的人未受任何阻挠地一起生活，却也是生活在一个没有未来的世界里时，那么我就不知道是否他们会过得更好。

不过，要是换在今天，阿尔贝特的日子就要轻松多了。每当我想起他时，羞耻感和负疚感就会涌上我的心头。他喜欢大人们谈起他的出生。兄弟姐妹们在儿童房间里全神贯注地玩着"泰坦尼克号"沉没的游戏，那张为阿尔贝特准备的婴儿小床为此充当豪华游轮。成年人并没有关心他们，因为母亲躺在卧室里，遭受阵痛的折磨。范妮和我被送至外婆那里。当阿尔贝特终于降临人世时，有人打发女仆上楼把孩子们叫下来。她看到这张小床被弄倒了，地上有好多用作冰山的

白色垫子，三个濒临溺死的人在可怕地吼叫着"救命"。人们阻止了
他们的游戏，不希望他们在弟弟出生的瞬间做这样的傻事，他们陷入
对搬弄是非者的狂怒之中。

阿尔贝特喜欢听到这一点。他偶尔坚持说，他的溺亡从他出生
的那一刻就已经命中注定。后来他担心自己的预言无法得到证实。

第四章

"出什么事啦，外婆？"费利克斯问，"你真的可以在我的电话机上留言了！"

"这算什么，每个孩子不是都会吗？你说实话，这里看起来如何？"

"或许你该请个钟点工打扫打扫。"我的外孙小心翼翼地说。

"我不喜欢我的周围有陌生的面孔出现，这你知道。另外，首先得给墙壁裱糊和粉刷，然后进行一次春季大扫除。"

我的外孙终于明白为什么我要把他请过来了。

"胡戈要来，"我解释道，"这是机会，但不是原因。"

他问，究竟谁是胡戈？

现在的年轻人都不认识自己的亲戚了。"我死去的姐姐伊达的丈夫，也就是我的姐夫。"

"那恐怕也不年轻了吧。"费利克斯回答道。

我指给他看两只装满了米勒那些拙劣艺术品的纸箱，问他是否可以把所有的东西搬到楼上的一个房间，或者是否还能派上用场。他建议送到跳蚤市场去。

费利克斯一屁股坐到沙发椅上，推了一下胡尔达，问她道："哦，老姑娘，你在我外婆家好吗？"

他常常带过来东西，无论是他合租的公寓房里的那只蓬乱野狗，还是一件灌木状的礼物。我们无法将这个东西称为一束花，因为它主要由嫩枝组成，是他路过时顺手牵羊的产物；足够茂密，以至我可以用它装满我那只蓝灰色的黄瓜盆。不过那束花看起来倒是很漂亮，费利克斯是天生的装饰师。这些微小的紫罗兰色的闪烁着棕色光芒的丁香花蕾，它们可能永远无法盛开，那种浅色的几近黄绿的槭树嫩叶，在细瘦的大麦边上的白色欧洲酸樱桃花，橄榄色的柳絮，黑色的接骨木嫩枝，乃至一根茶藨子细枝，全都融合成艳丽多姿的春天色彩。

"绿色对疲惫的眼睛有好处。"我的好男孩说，然后拿起电话听筒。他坚持不懈地拨号，也就是说，他在给他的朋友们打电话。他在一小时内就召集起一群手艺精湛的大学生，他们应该明天就开始清理。"最好是你外出几天时间。"费利克斯建议道。

可我不愿意这么做。我的儿子乌尔里希永远不会有时间，如果我出去做客，他只是感到良心不安而已。我的女儿蕾吉娜，也就是费利克斯的母亲已经离异，有工作，过得并不自在。维罗妮卡毕竟生活在美国，若是要回来，那真是昂贵的闪电式来访。"我待在这里，孩子，你们又不会同时收拾所有的房间。"

"好吧，外婆，可你也得为我的小伙伴们做饭。"他说，好让我感到恼火。他知道得一清二楚，我已经永远结束这一章了。

"那墙壁究竟采用哪种油漆呢？灰白、雪白，还是苍白？"

"蛋壳色。"我斩钉截铁地说。

"那楼上呢？"

我摇了摇满是白发的头。

费利克斯拿出纸和铅笔，把自己需要的东西记下来：他得购买粗纤维裱糊纸、油漆、糨糊以及覆盖膜，刷子和毛笔他已经有了，裱糊桌他可以借来。"我和苏西将在后面开始清扫行动。"

我想苏西是他的女友吧，尽管上一次他女友的名字叫西蒙娜。

等他一走,我就赶紧躺在沙发上。身边有一个生龙活虎的小伙子,虽然很累人,却也是一件非常幸福的事。费利克斯脾气特别好,他究竟遗传自谁? 我自己的三个孩子难以对付(尤其是他的母亲),我的其他孙辈同样如此。柯拉最让我操心,她还是小女孩的时候是我的最爱。我已有好久没见过她了,我的儿子乌尔里希偶尔给我寄来一张照片。看到柯拉小时候的模样,我有一种自己获得再生的感觉。完完全全是我的头发颜色,我自豪地想,彻底无视柯拉的母亲也有着同样的红头发。令人可疑的偏偏是费利克斯成了我的忘年交,我并没有觉得这个小男孩很英俊——撇开胡戈不谈。

每当费利克斯离开时,我就想起我想要问他什么问题,我想要谈论什么问题,或者他还能马上为我做些什么。我想跟他说说阿尔贝特,可我又把这件事给忘了。

伊达结婚以及海德玛丽出生之后,我们很长时间没有见到过阿尔贝特,因为放长假时他待在寄宿学校里。他的学习成绩退步了,需要补课。

圣诞节期间终于回家时,他变了个人,就像一只刚从茧里钻出来的昆虫。阿尔贝特踏入青春期的时间稍晚一些,个子疯长,因而失去了身体的曲线。正如这个年龄段的某些男孩一样,他显得笨拙而不平衡,小鼻子突变成尖齿状,胖胖的婴儿皮肤上长出了脓包,尤其是这种声音听起来很陌生。"我们不能再一起唱歌了。"阿尔贝特抱怨道。他感觉自己的皮肤不是很舒服,尽管很清楚的是,他的身材发生了彻底改变,完全还没有成熟。"我看起来怎样? "他问我。

我差点儿回答"很讨厌"。而要比之前更可笑的是,阿尔贝特一直还想试穿我的衣服,但这些衣服对他而言太小了。此外他因为有了这样一个秘密,也就不再向我透露他的秘密。可是他在阁楼上排练古怪女人的角色,却被我当场逮住了。在我发誓不出卖他之后,他允许我留下来观看他如何扮演一个交际花。我被他忠实于细节的一幕镇住了，因为这样的忠实导致他穿着我的内衣。

照如今的看法而言，我们家，以及恐怕在大多数人家，在两性关系上还是拘谨的。虽然人们在报纸上看到，在遥远而邪恶的柏林，一个名叫约瑟芬·贝克[1]的人仅仅穿着香蕉围裙登台亮相，但是很清楚，这事关一个不文明的外国女人。我从未见过父母裸体的样子，同样很少见到我的兄弟或者伊达裸体。只有小时候，我和范妮一起坐在浴缸里，后来我不得不给比我小八岁的爱丽丝穿衣和脱衣。看到阿尔贝特穿着衬裙和紧身胸衣站在我面前，我觉得这是罪恶，我也几乎不敢正眼瞧他。我羞怯地建议他最好模仿巴斯特·基顿[2]、查理·卓别林或者哪怕吸血鬼也行。"我的脑海里有了其他想法。"他说。

家里其他人也有了其他想法：父亲在圣诞节时买了一部无线电收音机。我们着魔似的围坐在餐桌旁，桌上放着那部黑色收音机，我们一个个目光呆滞，耳朵里戴着耳机，嘴角露出幸福的微笑。阿尔贝特却并不在乎，谁也没有理会他。父亲总是对技术进步深信不疑。而五年之后，我们果然就可以从喇叭里听到广播节目了。要是爸爸今天是一个年轻的小伙子，那么他一定会在电脑前度过他的日日夜夜。我记得林德伯格[3]的飞机从纽约飞往巴黎时，我们以潘趣酒庆贺，结果害得伊达病倒了三天。

很奇怪，我对父亲的记忆要比对母亲的记忆更为繁多，尽管母亲比父亲多活了很多年。自从我们拥有了无线电收音机，在我的记忆中我看到她总是缝缝补补，在音乐的伴奏之下。有时她自己唱着《维尔亚，哦，维尔亚》或者《来自黑森林的姑娘》的歌曲。如果有什么

---

1 约瑟芬·贝克（Josephine Baker，1906—1975），非裔美国艺人与演员，于1937年成为法国公民。以身为歌手闻名，但在演艺生涯早期也是位驰名的舞者。
2 巴斯特·基顿（Buster Keaton，1895—1965），美国演员、电影导演、制片人。
3 查尔斯·林德伯格（Charles Lindbergh，1902—1974），美国飞行员。

需要决定的事情，她就打发我们到爸爸那里去，她回避承担教育责任，因此我们几乎不会和她交换意见。很遗憾，等到父亲去世，她才开始培养自己的个性。

母亲喜欢胡戈，一直在父亲那里替他说好话，她这么做也很有必要，因为没多久胡戈就觉得这个商人职业很无聊。他无法像我的父亲那样区分质地的好坏，他也无法令人信服地夸耀鞋子。胡戈当时就像一个中学生那样在收银桌下面阅读小说。他一开始看的是柯南·道尔，后来就拿着萧伯纳、汉姆生[1]和高尔斯华绥[2]的书偷偷约会了。施奈德小姐不敢直接训斥胡戈，出于真诚她只是采取突然提高嗓门的办法警告他。父亲发现真相时，失去了自制。首先他这家享有盛誉的商店名声扫地，其次他认为阅读消遣性书籍有违常情。

我也认为这样的行为不妥。我想和胡戈交换目光，对他微笑，希望他喜欢我。他养成了抬起头来看的习惯。一旦施奈德小姐让他关心一下附近的顾客，他就赶紧离开书本一会儿。不过胡戈不敢在抽烟时带上小说，因为这样可能会让女售货员们产生这样一个印象？他是把地下室当作自己的家一直待下去了。我们一起抽烟的时候，他就给我讲他刚才看了什么书。胡戈的兴奋感染了我。伊达只看画报，我发现了排挤她的方法。要是没有胡戈，我恐怕永远不会成为书迷，然后我的一辈子就不会有变化了。

一天，我们被爸爸逮了个正着，他在商店里没遇见我们，就问施奈德小姐。她说我们到仓库去取鞋子了。我们误以为肯定不会碰上父亲，因为他讨厌爬楼梯，但他却亲自爬下楼梯，见到我们紧靠在一

---

1 克努特·汉姆生（Knut Hamsun, 1859—1952），20 世纪早期挪威最重要的作家之一，1920 年获诺贝尔文学奖。

2 约翰·高尔斯华绥（John Galsworthy, 1867—1933），英国作家和剧作家，1932 年获诺贝尔文学奖。

起，蹲坐在一只纸盒子上抽烟。他相当清楚地认识到这种现状——胡戈对工作了无兴趣，我一个少女在热恋他，此外我们两个人还是瘾君子。我们一骨碌爬起来，一脸羞愧。父亲什么也没有说，这要比大发脾气更可怕，因为我们不知道接下来会是怎样的结局。

商店打烊后，父亲完全公事公办地将我叫到他的办公室去。为了谨慎起见，我马上痛哭流涕起来。可因为他有四个女儿，那种眼泪无法使他心软。"前面在击鼓，后面却没有士兵。"他匆匆地说道。然后出乎意料地，我听到了温柔的声音："你或许想重新上维多利亚学校吧？"

我先是耸耸肩，继而回答道："我回不到原来的班级了。"

"我想想看……"父亲说。他没有跟我继续协商，第二天就给我报了个私立商业学校。可因为现在已经在学年中间，他还得在商店里容忍我几个月。

尽管孩子们不希望上午九点前开始干活，但凌晨四点我就醒了。不过，等到费利克斯和他的朋友——一个未来的电气工程师过来的时候，已是十点。"已经起来了吗，外婆？"他问，"我得先烧点水喝咖啡。我们首先讨论一下形势，然后吃早饭。"

我本来可以想到这一点，可遗憾的是，我的食物贮藏室里只有一些干得发硬的黑面包。费利克斯让我放心，所有的东西他都准备好了。没过多久，第二对情侣出现，这一次有一个女孩在场。终于，他们六个人坐在餐桌前，喝着袋装牛奶、我的迈森杯子里的咖啡以及罐装的可乐，解开包装盒里的土耳其大面包、乳酪和意大利香肠。他们连刀都不用，用手掰下一块块面包，放上乳酪和香肠大快朵颐起来，正如我自己最近偶尔所做的那样。尽管现在已经十一点了，可是有一个人说，他无法在这么短的时间内完成任何事情。年轻人好奇地四处张望。"这栋小房子是您的吗？"苏西问，"那么谁住在楼上呢？"

我不得不再一次解释，我的房子没有转租给别人，因此楼上的三个房间没有人住。这些大学生贪婪地看着我，我知道得很清楚，他们几乎所有的人都在寻找住房。"我结婚之后一直住在这里，"我无精打采地解释，"楼上只有一个厕所，没有洗澡间，没有厨房。那些房间很小。要是我人不在了，我的女儿可以把这个房子拆了，另外造个新房。"

"那可就太遗憾了！"众人几乎异口同声地说。他们或许觉得墙垣倒塌很浪漫，设想用于修缮只需花费我很少的钱。不过费利克斯知道我从米勒那里继承了很大一笔数目的财产，不必那么吝啬。可我应该从何处着手呢？我对上帝没有大的要求。蕾吉娜将继承这栋房子，费利克斯继承我的钱。乌尔里希和维罗妮卡出于好意放弃了，他们自己拥有了足够的条件。

"您听着，施瓦布太太，"那位能干的电气专业大学生说，"我们可以一开始为您准备好楼上的一个房间，把您的床铺和几件家具抬上去，然后把这下面所有的东西归位到待洗的餐具里。假若您稍稍离开一下，我们可以让您避免整个的无序和不安。"

可我恰恰不喜欢这样。

费利克斯还有一个理由。"而且此外，"他说，"你得知道，外婆，我们干活时会完全旁若无人地开大立体声音量。"因为我不熟悉这个东西，所以我的手指指着一个怪物，那个怪物很可能就是一台收录机。

那个电气专业的大学生名叫马克斯。他手里拿着一把很粗的螺丝刀捅着墙上的裱糊纸和灰泥，然后找出来一只插头。"特别危险，"他说，"我们亟须安装新的电线。"

"为什么危险呢？只要我还活着，它就必须挺住。"

其他人根本没好好听我的话，目瞪口呆地看着墙内易碎的电线。

"要是发生短路，你倒霉起来，外婆，那你的小房子五分钟之内就会被烧毁。"费利克斯解释道。

"他让我显得很无聊,"马克斯说,"可他得首先看一下保险箱。"他都没问一声,径自和费利克斯走出了房间。

遗憾的是,等我明白的时候已经晚了好几秒,他们已经到地下室去了。除了我谁在那儿都不受欢迎,我会很烦躁的。难道我应该扯开嗓子抗议吗?或许他们听觉更灵敏呢。不,我当然不希望像巫婆一样被烧死,可我也不希望陌生人在我的家里四处窥探,否则我早就可以叫来合适的小工了。我的计划就只是让人收拾客厅、厨房和卧室。

"彻底悲哀,"马克斯重新走进房间时说道,"乱七八糟,会有生命危险,这个是负不了责任的。"

费利克斯是个好男孩,他看到我惊恐的面孔,过来帮我。"马克斯,你夸大其词了,"他说,"我外婆家几乎从未发生过短路的情况。"

虽然很遗憾这不符合事实,但我还是急忙点头。

终于,费利克斯和他的朋友开车去买裱糊纸、油漆、两箱啤酒和汽水。其他四个人把客厅家具搬到卧室,还得小心别把我的床铺给堵住了。我把摇椅上的胡尔达放进厨房里。

费利克斯的女友苏西,在寻找一个垃圾桶。一看到胡尔达,她就嚷道:"天啊,这是什么乱七八糟的鞋子呀!我可以试穿一下吗?"

幸运的是,鞋子都太小了。苏西几乎不愿意相信这些鞋子是我父亲做的。我问她是否也在大学里攻读机械制造,因为女人们如今真的可以从事任何的职业。

"不,建筑学。"然后她问这栋房子是何时建造的。"三十年代吗?那就是在第三帝国吗?"她多余地问道。

因为好奇写在她的脸上,我事先没问一下就说道:"我本人既没有加入纳粹党,也没有获得过母亲十字勋章。我无法谈论我们家人的纳粹问题。"

苏西哈哈大笑。"费利克斯跟我说过您的很多事情，我知道您曾经是和平示威运动的明星！"

也就是说，这个孩子以我为荣，我完全可以拥抱苏西了。"如果这鞋子合适，我就转让给你。"我慷慨大方地说。

"不，这没有用处，不过或许这条裙子？"她没怎么犹豫，先是脱了胡尔达的裙子，然后把自己的裙子脱下。她只穿了一条三角裤，我偷偷地背过身去。当她一下子穿上我那套少女裙时，我真的必须送给她了，因为她看起来好迷人。我还有一些漂亮的衣服可以给胡尔达穿，可我现在没法把它们找出来。到最后是另一个女大学生想要这条裙子了。

苏西吻了我，这个挺管用，我相当迅速地熬过了我的裙子损失之苦。我告诉自己，一个活着的姑娘比一个死去的玩具娃娃需要的更多。等到我们单独相处的时候，胡尔达赞同地点点头。我用格子图案的厨房桌布把它包裹起来。

我终于躺在床上时，听到了恶魔般的音乐，然后他们甚至唱起歌来。马克斯怪声怪气地唱道："我们酗酒花掉了外婆小房子的钱！"[1]

费利克斯似乎在训斥他。没过多久他就站在我面前说："外婆，今天就到这里，我们明天继续。你还有什么愿望吗？"

"现在没有，不过要是胡戈来的话……"

费利克斯开起玩笑来："又是这个胡戈！要是你不是处在善与恶的彼岸，我一定会……"

我无情地打断他："一句愚蠢的咒语，没有人处在善与恶的彼岸！"

"行。那么你的愿望呢？"

"要是胡戈来了，你就开车把我们送到城里去，我想和他一起沿

---

1 德国滑稽演员、歌手罗伯特·施坦德（Robert Steidl, 1865—1927）创作的一首歌曲中的副歌歌词。

着大池塘边上古老的散步小径逛一逛，到玛蒂尔德高地，有可能再去一下鹤石狩猎行宫……"

"没问题。我如何称呼你的情人，'您'还是'你'，'叔叔'还是'某某先生'？"

我思考了一下说："最好还是用'你'和'胡戈叔叔'。"

门砰的一声关上了，四周一片静寂。胡戈那个头发早就花白的女儿海德玛丽没有孩子。他肯定非常喜欢费利克斯。

第五章

在我的人生中，总是享受着住在单卵双胞胎附近的可疑乐趣。即便现在，在我老年的时光里，要想分清邻近的那两个年轻男子，也很折磨我。胡尔达说："他们究竟叫什么名字，我可是完全无所谓的。"这个没错，可我很喜欢证明我的记忆力依然有多么好使，然后可以让这对英俊的双胞胎感到吃惊。当我一时冲动地用"康拉丁"或者"斯蒂芬"的名字向他们问候致意时，或许这是被他们特别注意到的不多的机会。今天我在报纸上看到，那两个小青年通过了高中毕业考试，而"康拉丁"其实叫康斯坦丁。

在我的童年时代，我们家旁边住着两个老太太，她们并非像双胞胎长得一模一样，更确切地说，她们就像是两根黑香肠：敦实的身材，矮小而短腿，她们穿的淡紫色或者粉红色的衣裙都要胀破了。她们因为早年失寡而远离了人类社会。当这对双胞胎极其不友好时，她们那只令人恶心的长卷毛狗就是一个真正的厌世者。我们很怕它。

父亲的鞋店里也有修理活儿，主要是为了让忠诚的顾客节省下额外的路途。那对双胞胎很穷，从未在我们店里买东西，却定期过来给她们笨重的旧鞋更换鞋底。出于友邻的原因，父亲只收取一点儿象征性的费用，而且为自己少见的慷慨感到欢欣鼓舞，居然擅自强制他的孩子从事可怕的服务：我们不得不将友邻更换好鞋底的鞋子送到她们家里去。

遇到这样的情况，我们就开始掷骰子或者抽火柴。每次都是轮到阿尔贝特。阿尔贝特第一次过去，那条长卷毛狗就咬住了他，他说现在有理由拒绝这样的服务了。可是徒然。我们兄弟姐妹坚持认为，这条疯狗简直是要吃了我们，而阿尔贝特则是她们公开宣称的自己喜欢的人。最后还是出事了。不只是卷毛狗喜欢我弟弟手上的熏肉，它那两个令人作呕的女主人也特别喜欢阿尔贝特，而他自己又很喜欢吃巧克力。她们善于用这个诱饵吸引他——犹如吸引被喂肥了的汉赛尔[1]那样——进入她们的巫婆屋。他讲起存放在桶里和盥洗盆里那些黏糊糊的堆积如山的甜食。阿尔贝特运用华丽的辞藻向我描述这个安乐国，害得我忍不住下一次自觉自愿地和他交换了。

那只名叫穆夫提的长卷毛狗扑到我的胸口，把我撞翻在地，然后舔我的脸，我感到更严重的是，好像它咬住了我的小腿肚。我声嘶力竭地号叫起来。

"为何你们不打发那个胖弟弟来呢？"我听到有人在说，"穆夫提喜欢听从他的召唤。"我赶紧回家，没有了吃甜食的欲望。自此以后，阿尔贝特树立了名声，可以像那个亚西西的方济各[2]那样使疯狂的野兽平静下来。

当我们——我和大学生们——坐下来喝咖啡时，我谈起了穆夫提的故事，因为他们集体宿舍的野狗坚持不懈地舔着我的大腿。我拐弯抹角地提及阿尔贝特。或许我说的话过分激动，甚至有些装腔作势，无论如何所有的人都很安静、仔细地倾听着。

---

1 出自《格林童话》中的《汉赛尔与格莱特》。

2 亚西西的方济各（约1181—1226），意大利天主教教士，天主教托钵修会方济各会（又称"小兄弟会"）创始人。

"他不是同性恋，外婆，"费利克斯说，"是一种明显的变性癖。"

我点点头。那些男人和女人在电视里谈到过，由于大自然的错误，他们不得不生活在错误的性别里。今天，人们试图帮助他们解决困境。可我可怜的弟弟阿尔贝特从来不知道他有同病相怜的人。"我弟弟是自杀的，"我说，"因为谁也不理解他，因为他无法向任何人透露心事，他也不和说我任何情况，尽管我是他可以信赖的人。"

费利克斯和他的朋友们沉默了片刻。然后他们想知道阿尔贝特是以何种方式自尽的。

"他是用枪自杀的。在达姆施塔特这里，我在父母家的顶楼上发现了他，"我说，"而且穿着裙装。仿佛他是想要用死亡向所有的家人透露自己的秘密似的。"

"他当时有多大？"他们问我。

"阿尔贝特二十一岁，我二十二岁。那个周日，我们例外地上了教堂，当然除了爸爸和阿尔贝特。吃午饭的时候，我要把所有的家人召集起来，可找不到阿尔贝特。我猜想他又去演戏了，于是到顶楼找他。

"或许我发生了休克。我大吼一声冲下楼去，向家人告急。我们的父亲已经多年不上顶楼去了，当时他带着胡戈和恩斯特·路德维希上楼，所有的女人不得不待在下面。我的母亲站在厨房里——女厨师放假了——手里拿着的餐具在咯咯作响，她不明白隔壁房间里为何人声鼎沸。"

"所有的一切我都不知道。"费利克斯说。

我继续说道："后来，去世的阿尔贝特躺在自己的床上，重新穿上了自己的衣服。或许是胡戈和恩斯特·路德维希给他换上的吧。我向父亲承诺不向任何人谈及阿尔贝特穿上异性服装的事。'可他只是在演戏呀。'我抽噎着说。"

"那您母亲呢？"费利克斯的女友苏西问。

"我们的母亲从未听说过详情。一次不幸事件，她被告知，她的儿子在擦拭武器时不小心走火。当然这个谎言太容易识破了，因为阿尔贝特讨厌武器，绝不会突然想到去擦拭它们。顺便说一句，这把手枪是我们大哥的。"

他们尴尬地却又是用那种喜欢耸人听闻的事件的目光注视我。

"阿尔贝特之死成了我们家禁止谈论的话题。可一直以来，我有一个愿望，想在我们的家族史上给他一个应有的位置，以便他不受到轻视和遗忘。除了我和爱丽丝之外，我的姐夫胡戈是认识阿尔贝特的人中唯一活着的。他相帮着将他抬下顶楼，给他换上衣服并安放在灵床上。不言而喻的是，我们的父亲也要求他必须对此事保持沉默。可我想，胡戈知道一些我从未知道的东西——比如，或许阿尔贝特留下了一封绝命书。可是为何我们的父亲没有听到枪声呢？要是胡戈来了，我要像榨出柠檬汁那样好好追问他。谁知道我们俩还能活多久。至少我的孙辈们应该了解他们去世的舅公的真相。"

终于，我重新独自坐在——对我自己的言词相当激动——那个摆满物品的厨房里，我的那些大学生在粉刷客厅。一个女孩，可能是苏西的同学突然出现了，奔向冰箱那里。"我从前的一个同班同学……"她开口道。我对她鼓励性地微微一笑。"……很长时间一直不知道他是男人、女人、同性恋还是人妖。阿尔贝特可能也是这种情况。"

我摇摇头。

她接着说："在多次不同的手术之后，他——或者还不如说是她——丢掉了工作。这样的事情至今依然没有变化。人们对他报以微笑，算是最无伤大雅了。但无论如何——现在已经有了自助团体和咨询机构。"

突然之间，我不想再对阿尔贝特说三道四了，尤其是因为费利克斯不在房间里。我对父亲承诺过，我感到于心不安。我让这位年轻女士少许说说她的学业情况。在我青年时代，建筑学不是适合女人的职业。虽然有女人在魏玛的包豪斯学院学习，但人们最后还是把她们塞进纺织厂、制陶作坊或者装订车间。

我重新讲述说，年老让人愈加以自我为中心。突然，我完全一声不吭了，那个女大学生还在说话，尴尬的是，我听着听着就睡着了。

我翻来覆去做着同一个梦：阿尔贝特躺在我面前那个脏兮兮的木地板上死去，流出的鲜血黏附在我的衣服上。我的衣服早就不适合他穿了。我看到的第一眼，就认出他穿着范妮的那条大的粉红色法兰绒衬裙、范妮的衬衣、范妮的长统袜。她是我们姐妹中最高大的，也是最结实的。她既没有很好的内衣，也没有真丝裙，因为就她的生活观和她在幼儿园的工作而言，奢侈成了多余。范妮基本上和伊达相反，伊达恰恰渴望最精致的衣料和风度优雅的时装。偏偏只有范妮的衣服适合阿尔贝特穿，想必他是多么痛苦呀！但我也感到遗憾的是，他并没有至少穿着我那件最好的衬衫死去。因为如果是这样，我就可以在他孤独的最后一刻和他有所亲近。他那里只有一面镜子，而那面镜子也已经成了碎片。

直至多年以后，我才获悉阿尔贝特为何在高中毕业前不久不得不离开寄宿学校：他在偷窃时被逮住了。偷的不是同学口袋里的几个马克，而是一名女厨师的睡衣。我知道的是，阿尔贝特始终将姑娘和女人的衣服视为可以租借的物品，在经过仔仔细细地试穿以后重新整齐地挂到衣橱里。或许他在寄宿学校里也想要这么做，可是他已经没有机会了。人们逮住他的时候，也将其他尚未查明的行为推到他的头上。校方向父亲通报了这件事。

阿尔贝特想做导演，不是戏剧导演，而是电影导演。我们的父亲也曾经让他去谋求这样的职位，因为他可能隐隐约约地有个预感，这个儿子不适合一种普普通通的职业生涯。阿尔贝特表现得不聪明，仅仅收到了回绝的信息。最后，他被硬塞进胡戈父亲的那家珠宝店里，他要在那里的工场里完成金匠学徒的学习，因为大家绝不想看到他无所事事地待在鞋店里。这是伊达公公做出的一个很大的让步，他要接纳阿尔贝特，可这是他唯一的一次以失败告终。我们的这个弟弟在手艺方面表明既缺乏天赋又懒惰成性。小时候，他就喜欢珠宝，因而人们相信他在艺术创造上具有更多的才华。胡戈的父亲把他辞退了，两个家庭之间发生了争执。我父亲把胡戈说成是废物，他把大女儿搞大了肚子，又教唆我抽烟，在商店里是个饭桶，却又不得不忍受他。现在父亲一定期待，有人会用类似满不在乎的样子作为对策。

然后，阿尔贝特致力于作为服装设计师的学习，可人们还是不希望用错了人。大家讨论了远离任何病态性欲冲动诱惑的所有可能的职业。当时，年轻的大学毕业生中失业人数过高，因此让阿尔贝特在另外一所学校完成高中学业似乎就毫无意义了。为了至少能够挣点儿钱，我的弟弟每天晚上坐在电影院售票窗口卖票。

一九二七年，我从女子高中毕业，然后在鞋店里荒废了一年光阴，最后在一所商业学校辛辛苦苦地学习速记和打字。那段时间里，我认识了米勒，她同样要学会做一名商店店员。可是，直至一年后，当海纳和米勒解除了婚约，我们才成为好朋友。她教我跳查尔斯顿舞，硬拉着我上理发店去，我在那里第一次烫了发。我试图稍稍模仿一下她那天真可爱的举止。虽然对胡戈依然有着某种偏爱，但在新的学校里我相当迅速地恋上了一名年轻教师。正所谓，眼不见，心不烦。

阿尔贝特去世两天后，希特勒成为帝国总理。我只是顺便听说这事，我为我的弟弟哀悼。

我说了很多，这一次是电气大学生马克斯成为我的听众。他没有提出针对变性癖、第三帝国或者胡戈的问题。他的兴趣在其他领域。

"从什么时候开始有打字的？"

"我不是非常清楚，但肯定有一百多年了。"

"那么速记呢？"

"也有很长时间了，不过我要学习的统一速记法，从一九二四年才开始有。"

"当时女人学会一门职业是很自然的事吗？"

我不得不说"不"，许多女人早就结婚了。但传统妇女职业，诸如护士、清洁工、教师——尤其是家政和编织刺绣，还是很受欢迎的。

"那就是说，我想要从事办公室工作就有点与众不同了吗？"

"其实没有，从本世纪初开始，妇女渐渐进入所有的职业，也包括学术领域。我很羡慕一个女友，她成了室内装饰设计师，另一个女友在邓肯自由舞学校穿着希腊的宽大长袍赤脚练习'健美运动和形体塑造'。"

"我们可以长达几小时地倾听您的讲述，"马克斯说，"可是您确实不会付我钱的。对您合适的无疑是，我购买了新的插座、开关和电线，这样我们就不用再做半吊子的事了。"

我马上产生了怀疑。地下室那里怎么办？

他让我放下心来。他说客厅今天就好，到现在为止他只是在那里安装了新的管道，就在原来的灰泥下面。

"在混乱的电线上面走路，您太容易绊倒了。"他说。

好吧，现在就只有客厅里唯一的一个插座了。那里的电视机、收音机、两盏灯，如果有必要的话，报警除尘器、熨斗以及电唱机，都可以用各种不同的双插座和连接线连通电源。"这么浪费值得吗？"我问，"或许明年我就在九泉之下了。"

马克斯哈哈大笑。他说我应该看看他的外婆，比我小很多，可是在养老院里生活了多年，因为她独自一人已经完全无法生活。费利克斯为他精神矍铄的外婆感到自豪。大家都喜欢听到这样的美言。

他们很友好地在厨房间里给我摆好了电视机，我可以观看前一天的足球赛。并不是我想明白这些事，或者这些事完全让我感兴趣，而是没有天线，我在厨房里只能看到这一个频道的节目。另外一方面，我不得不承认，有一些英俊的男孩，他们在那儿的草坪上面嬉闹。以前，他们的裤子是黑色的，衬衫是白色的，或者相反，现在他们的衣服是五彩缤纷的，配以时髦的图案和富有想象力的符号。在衬衫的后背上，除了数字之外甚至还写上了名字。我决定记住几个名字，好让年轻人感到惊讶。

我感觉好像胡尔达在咧嘴冷笑。你总是跟在这些小青年后面，她似乎在想。

众所周知，许多老男人喜欢年轻姑娘。如果他们不是因为自己有钱而得到她们，那么幸运的是，这种情况大多引来目瞪口呆的眼光。假若一个人试图将她们抢到手，那么人们将他们称为老色鬼或者"脏老头"。与此相反，偷偷喜欢老太却是忌讳的。为此我不得不承认，对我而言没有比十七岁到二十七岁之间的英俊小伙子更称心如意的了。而如果我抚摸一个小伙子的头发，那么大家仅仅假定这是奶奶辈的人的一种情感。

中午，那些勤工俭学的大学生在休息。烤炉被腾空了——从我之前用过的所有大锅中——火也生了，在一个陶瓷状的烤炉里放入羔羊肉、茄子、洋葱、辣椒酱以及番茄汁。很奇怪的午餐，不过他们感觉味道很棒。我现在知道另外一个学建筑学的女大学生名叫塔雅。她给马克斯带了调味沙司，给费利克斯带了绿色的胡椒粉，还带了普罗旺斯的药草，对每个人而言都是自己最喜欢的调味品。他们反正爱挑剔：他们闲聊说，是否这家或那家的中国餐馆有着更好的北京烤鸭，哪儿可以买到最好的意大利香醋，以及用新鲜的甜柠檬汁滴在木瓜上最好。他们喝着啤酒、可乐和兑上葡萄酒的混合饮料。我介绍说，在我父母家以及后来在我自己家里，只在周日才可以喝到葡萄酒。

"那么工作日里一直是饲料萝卜。"费利克斯说。

"请再来一根小茄子。"我要求道。我马上认出了这种紫色的东西，似乎谁也没有感到惊奇。一次在托斯卡纳度假时，我的儿媳妇花了不少心血教会我所有外国水果和蔬菜叫什么名字，好让我不再把花椰菜叫作西蓝花，丢她的脸。

"哦，多么小巧玲珑的小茶匙！"费利克斯贪婪地说。

可我已经答应将这些茶匙送给我的孙女柯拉了。

"柯拉不是有大把的钱吗？"他妒忌地说。

他说得对，此外那个家伙已经好久不在我家里露面了。我原本有十二把茶匙，但最近两年我可能不小心把几个酸奶杯连同那把茶匙倒进垃圾桶了。"你拿上六把茶匙吧，"我说，"这样你就会自以为绝顶聪明了。"

很聪明，很聪明，其他大学生也在想，然后突然用异样的目光打量我的全部家产。

费利克斯问："这些都是青春艺术风格的吗？"

"孩子，你还得学很多东西，"塔雅说，"那么你是希望出生在达姆施塔特的吧？"

她的目光落到胡尔达那些博物馆级别的衣服上。"哦，顺便问一句：范妮注意到自己衣服上面的血迹了吗？她做出怎样的反应？难道阿尔贝特死后穿的衣服全都烧掉了吗？"

范妮看到阿尔贝特把她的东西拿下楼去。和我不同的是，由于对他偷偷男扮女装的疯狂行为一无所知，她对此事无法理解。那段时间，她聚精会神地研究信仰问题。自杀是罪恶，而在这里，魔鬼本人一定是在忙碌着。范妮连续多日精神错乱，她最终决定改入天主教，让父母感到很惊讶。

可我们生活艰辛的父亲却对此无能为力。

第六章

　　父母按照受众人爱戴的黑森大公恩斯特·路德维希的名字给第一个儿子取名。正值大公订婚之际，我的父亲作为年轻男子、达姆施塔特男子合唱协会的成员，和来自二十八个协会的五百名男歌唱家一起演唱《奥登瓦尔德长着一棵树》。他很自豪地讲述过这件大事。同一年，父母喜结良缘，感觉自己总是以特殊的方式和高贵连接在一起。

　　对父亲而言，那一定是一件很不愉快的事，三十年之后要向另一个主人宣誓效忠，而那些王侯没有了一官半职。他再三强调，危难时期人们需要的无非就是一个"经验老到的大公"。他可以背诵黑森大公国国歌的歌词（根据《上帝保佑女王》的旋律）：

　　　　万岁，我们的王侯，万岁，黑森的王侯万岁，万岁，
　　恩斯特·路德维希，万岁！
　　　　上帝我主，我们赞美你，上帝我主，我们向你祈求：
　　　　永远保佑他！
　　　　恩斯特·路德维希，万岁！

　　等等，万岁一个接着一个。可遗憾的是，恰恰是我们的大哥恩斯特·路德维希很早就呼喊着另外一个万岁，并为此举起手臂。不久，

这个家被分裂成好几个阵营：父亲、胡戈和范妮，平时完全意见不一，却都成了具有坚定信念的纳粹的敌人；伊达跟随恩斯特·路德维希举起飘扬的旗帜转投新的信仰；母亲、小爱丽丝以及我则是毫无兴趣；海纳短期站在社民党一边，直至后来也出于投机成了纳粹党员。

我们家里不仅出现了反目，而且胡戈和伊达的婚姻也由于政治见解不同而变得危机四伏。正如刚才说过的那样，我当时对胡戈抱有怀旧的好感，可我把炽热的爱情给了一个新的已婚男子。胡戈突然之间还对伊达的其他事情有所指摘：她对精神意义缺乏兴趣，她的肤浅以及追求享受。他这么说是不公平的，因为他似乎对她的品质——天生丽质和组织才能——视而不见。伊达只是对独立思考简直无能，就像追随时装那样追随政治信念。胡戈悲伤地回想起和我在一起时的轻松愉快的日子，试图在中午会面时重新有所接触。当我一时心血来潮私下里向他透露，我毫无希望地爱上了我的老师时，这件事似乎对他打击很大。他企图劝我放弃我追求的新对象，可没有成功。他只是说我不该干出蠢事来。

"恰恰得说你才是。"我回答。

那段时间，当胡戈不再有机会时，他竟完完全全爱上了我。我并没有像我的姐姐伊达那样纯粹出于头脑简单对元首崇拜得五体投地，至少这一点我要归功于他。基本上胡戈也不是热衷政治的人，根本就不是英雄和殉道者，不过倒是一个酷爱阅读的读者。阿尔贝特去世没几个月，焚书运动在各地爆发。在唱着令人讨厌的歌声之中，海涅、图霍尔斯基、雷马克、弗洛伊德和其他许多作者的著作被付之一炬。胡戈感到很恐惧，那么激动地向我表达他的厌恶，我承认他的观点是正确的。

父亲的情况就不一样了，他的灵魂深处很保守，他想了解处于国家最高位的君主。相反，作为新近加入的天主教徒，范妮认识到教会在第三帝国没有好牌。此外，她在阿尔贝特去世不久就离开了我们，作为儿童保姆和一个既富有又虔诚的家庭搬至莱茵兰。我的父母固执地相信未婚无孩的妇女会过早衰老的谣言，他们感到释然的是，他们的女儿并没有成为修女，或许在异地他乡还能成就一段过得去的姻缘。因为二十四岁的她更应该完成相夫教子的目标，而不是给陌生的孩子换尿布。海纳也搬家了，他在法兰克福一家大报社担任摄影记者，这是一个很好的职位。恩斯特·路德维希呢，一个农家姑娘在追求他，他考虑是否应该答应她的求婚。那户农家没有男性继承人。他是否在无意识中看到许多头发金黄的孩子编织稻穗的花环？虽然这不是伟大的爱情，他的过敏性鼻炎使他在田野里的一季季工作变得越来越艰难，但他后来还是和那个农家女孩结了婚。对整个家庭有好处，这在贫瘠时代屡试不爽。

于是在一九三四年，坐在大桌子旁吃饭的突然只剩下一半的家人：父母、爱丽丝和我，经常来的有胡戈，偶尔来的有伊达和小海德玛丽。我运气挺好，因为我的工作地点离父母家很近，所以可以在那里度过我的短暂的午休时光。自从以优异成绩从商业学校毕业以来，我在德意志银行为一个部门经理担任打字员的工作。

"我那亲爱的老师很快被遗忘了。"我恐怕肯定是压低声音嘟哝着最后几句话，因为这些大学生里面那个最年轻和跑得最快的人——他们称他为"飞毛腿"——把我的那块写着务必操心什么事的石板举到高处，然后问道："顺便提一下学校——见鬼，这里的这个东西究竟是什么？"

"一只幸运兔脚护符，"我开心地说，"可以擦掉笔迹。"

"飞毛腿"被吸引住了。是否以前所有孩子都要带上书包、石板和兔脚上学？不，带上一块小海绵上学就行。可我父亲的一个堂兄弟在法兰克福萨克森豪森区拥有一家苹果酒酒吧。每年一次，而且是在森林日那天，他邀请我们全家过去。我们孩子也会尝到一点儿黑森州特产苹果酒，这种苹果酒名叫小酒，从蓝灰色的苹果酒壶里倒出来，此外还有酸凝乳奶酪或者猪油面包。柜台桌上方挂着给玩斯卡特牌的人的布告牌，每块布告牌均配上了一只兔脚。每当周日，酒吧里可以品尝到烤兔子肉，随着时间的推移，那些最可爱的兔脚就渐渐无影无踪，因此总是让大人们给我们小孩赠送一只新的兔脚。还有什么比这种像丝绸一样柔滑的兽皮更漂亮的东西呢？假若人们不想用那种传送带给自己挠痒痒的话，就可以用这个兽皮抚摩自己，犹如用母亲的粉扑那样。作为可以交换的物品，这种兔脚在其他小女孩那里也总是很受欢迎。

我翻找出我刚开始上课的几天里的一张照片：一张基础图表和一张地图装饰了那些装有木头护墙板的半墙高的墙壁，还有一把很大的算盘和一些鸟类标本。不会错过的还有被扎紧的手工编织筐、大钟以及用削尖的石笔等待听写的许多孩子。

所有那些东西中，唯有最后的兔脚留下来了，它活过了战争和我的三个孩子，现在变成了木乃伊。

木乃伊——每当想起那个人类木乃伊，我就会吓得背脊冰凉，但愿它要等到我老死之后才会离开它的石头监狱。最近我根本不喜欢的是，这两个建筑学女大学生仅仅为了开心才画出了我的小屋的平面图。"您是买了这个造好的房子，还是根据自己的愿望让人造的？"苏西问。

"这样的私人住宅就是类似的预制装配式房屋，"我说，"为年轻家庭考虑，非常便宜，由国家提供资助。我丈夫作为青年教师获得了贷款，从他祖父那里得到了一点遗产，连同我的嫁妆一起，它正好足以支付这个房子的费用，我们甚至有机会今后扩建。"

"飞毛腿"肯定希望骗走我的兔脚，不过现在东西已经足够：他们把胡尔达的衣服、那些银汤匙以及好大一笔钱装进自己的腰包，这就够了。

"对，"胡尔达说，"另外你不必告诉他们所有的一切。但你可以向我坦白。就是说，你嫁给了你的老师，他不是已经有人了吗？"

胡尔达没错过一句话，她是一个专心致志的倾听者。当然他不是我商业学校的老师，而是一个迥然不同的老师。一九三七年那年，我已经二十六岁，对当时的年代而言是一个老姑娘了。范妮也还没有找到丈夫，母亲开始牵肠挂肚起来。父亲第一次中风，伊达重新在商店里上半天班帮忙——毕竟海德玛丽已经十岁，我们也不再有其他孩子。

我在爱丽丝的毕业典礼时认识了贝恩哈德，我的小妹事实上是家里唯一实现了自己的愿望而参加毕业考试的人。父亲的衰弱帮了她的忙，他不再有兴趣参与讨论。"你们想干啥就干啥吧。"这是阿尔贝特去世后他的座右铭。

贝恩哈德·施瓦布比我大不了几岁，教授拉丁语和德语课。第一次见面三个月后，我们结婚了，而且由于唯一的理由，因为我们无法设想另外一种结局。父亲在这次盛大的宴会上酗酒过度，再加上大吃大喝，结果我婚礼没过两天，他第二次中风。他没有活多久就过世了。

"那么胡戈呢？"胡尔达问。

"他在我的婚礼上也把自己灌醉了。"我若有所思地回答。我自己为什么相当晚地却又是那么断然决然地结婚，胡戈恐怕也是其中一个原因。我的丈夫远不如胡戈，他既不风度翩翩，也不具有独创特性。贝恩哈德虽说是一个可爱的小伙子，但他的内心却也是充满了无聊透顶的自以为是。他别无选择，不得不持续不断地反驳我，唯有在恋爱的初期，他患上了不可思议的失语症。

胡尔达感到很好奇："那么之前难道没有唯一的朋友，只是对两个已婚男子怀有少女般的狂热吗？""不，胡尔达，还有一些谈情说爱的天使，正如我的父亲称呼他们那样，来自银行的同事，或者女友的兄弟，我偶尔和他们一起外出。我有点急迫地和一名年轻的新闻记者亲吻，他是海纳介绍给我的。在其他方面，我在结婚时还是相当没有经验。"

"那是一桩好姻缘吗？"

"哦上帝，胡尔达，你倒会提问题！你究竟如何理解？九年后，我成了寡妇，在这个短暂的时间里，我只有头两年和贝恩哈德生活在一起。战争爆发时，维罗妮卡出生，不久贝恩哈德应征入伍，一九四〇年第二个孩子降临人世，我们的儿子乌尔里希。我有着其他的担忧，而不是他们现在所说的我的自我实现。"

"什么样的担忧，外婆？"费利克斯问。

"胡戈来了，你们的活儿还没结束。"我果断地说。我经常被年轻人吓住，他们未经敲门就站在我后面。我不得不提防，太多的自我对话成了我的习惯。有一些东西，它们从未停止让我痛苦，可这跟谁有关系呢？

"半年之内我们把你的仓库变成一个豪华别墅，"费利克斯开玩笑道，"胡戈将会睁大眼睛。或许他会挡不住诱惑，这个老男孩！"他拥抱我。"外婆，也许我们后天就完工了。你恐怕想甩掉我们，好享受没有观众的崭新幸福……顺便说一句，你的胡戈究竟是干什么工作的呀？"

胡戈原本想做护林员，后来由于入赘，他成了我们鞋店的二把手。父亲于一九三七年去世时，母亲召集了一次家庭聚会。哥哥们虽然曾经出现在葬礼上，但他们现在没有时间。涉及店铺继续经营的问题，由她说了算，他们对所有的一切都没有意见。恩斯特·路德维希的妻子当时刚刚生下一个北方男孩，海纳正在专心整理希特勒青年时代的摄影文献资料。就连这段时间在莱茵多尔夫一家天主教老神甫那里担任女管家的范妮，也无法再次度假。

于是，我们一家人——母亲、胡戈、伊达、爱丽丝、贝恩哈德和我——围坐在桌旁，母亲表达了这个愿望：亲自熟悉商业世界的秘密。我已经担心恐怕又要轮到我了。可是，胡戈有点心不在焉地提出一个建议：我们可以一起将鞋店变成一家书店。或许爱丽丝、他本人以及我一定会喜欢这一工作。他暗指他所讨厌而又陌生的汗脚，说道："文学替代真菌文化。"

母亲吓得张口结舌，但不是她，而是伊达提出了尖锐的抗议。她说这是事关一家古老且享有盛誉的拥有固定顾客的商店，不能让这个家庭放弃一种安全而牢靠的收入来源。我们全都沉默不语，好让她的话继续产生影响。最后是爱丽丝站出来了，给她的姐夫稍稍支持一番。"好长时间以来，我一直有这种感觉，胡戈作为父亲的继任者并没有找到合适的工作。他的爱好在图书上——为何他要把他的爱奉献给金钱呢？"

胡戈对这些充满激情的话哈哈一笑，但他喜欢这样的话。

最后，胡戈和伊达之间发生了很大争执。一年后，伊达担任了鞋店的领导，母亲坐在收银台前，而胡戈到别处去接受专业书商的培训。虽然得不到工资，但他一定为不必支付学费而感到高兴。爱丽丝像牛马一样地干活——不是自愿地，而是在帝国青年义务劳动军范围内——是在一家医院，但是当我偶尔给一封商函打字时，她在可怜的业余时间里也会稍稍帮一下忙。因此，父亲的商店成了名副其实的妇女企业，也因此从一开始就被顾客怀疑地打量。可仿佛是我们的母亲突然之间返老还童一样，她非常喜欢自己后来的职业生涯。我们从没有在她身上认识到的性格特征浮出水面：抱负和自信。

伊达终于实现了他们搬回父母房子里去居住的愿望（胡戈在她面前感到良心上过意不去），这个房子对母亲和爱丽丝而言实在太大了。那时候，胡戈爱上了一个女同事，这件事被伊达注意到了。他们甚至谈及离婚的事。我和贝恩哈德被母亲指定为调解人。

胡戈和贝恩哈德习惯于长达数小时地闲聊世界文学。起先，我感到很自豪的是，我的丈夫可以说是专家，他在高级中学里让年长一些的学生了解席勒和歌德。可不知什么时候开始，那个永恒的"诗人想要跟我们说什么"的问题让我的神经实在受不了了。

对胡戈而言，那又是另外一码事了。他和小说中的人物一起生活，可以用一种幼稚可笑的口吻却又像着魔似的谈论他们，以至于人们希望立即一口气看完这本书。反正他懂得兴奋地复述《巴黎圣母院》的那个敲钟人或者以色列王亚哈的故事，引得人们眼泪横流。

贝恩哈德的表演苍白无力，胡戈的表演则是淋漓尽致。奇怪的是，那些辩论却给他们带来了欢乐。贝恩哈德辩论支持格哈德·豪普特曼 [1]，胡戈则是辩论支持契诃夫。

"就是书商了。"费利克斯说。

"是啊，胡戈成了书商，而且是出色的书商。如果鞋店不是在一个可怕的轰炸之夜里被夷为平地，那么或许战后他就会在达姆施塔特开设一家漂亮的书店……"

"外婆，我应该把这些画完完全全像以往一样挂在客厅里吗？"

"不，不，五月让一切变得新鲜。"

他不知所措地看着我。"或许只是一些家庭照片吧？"他建议道。

"不，中间是狗屎。我要白墙，或许是唯一的一张现代版画？"

费利克斯怀疑地问："一张和平示威的招贴画吗？你是说，那位老先生喜欢这个吗？"

"不，艺术，毕加索。"

费利克斯哈哈大笑："可是外婆，他又不是现代派，大家早就将

---

1 格哈德·豪普特曼（Gerhart Hauptmann，1862—1946），德国剧作家和诗人，自然主义文学的重要代表，1912 年获诺贝尔文学奖。

他的作品列为经典了。"

我在衣橱里翻找着。东西真的还在那里，一张卷起来的大海报，是胡戈在一九五六年送给我的：一个马戏演员的小家庭——父亲、母亲、婴儿——以及一只猴子。小丑和舞蹈女演员唯独转向那个只穿小衫的婴儿。胡戈和我迷恋上了那个有着嫉妒心的类人猿，它用深不可测的悲伤发觉了他人的快乐和它的自我放逐。

"你拿阿尔贝特和这只猴子做比较吗？"费利克斯直觉地问。

"孩子，别作孽。阿尔贝特要比我们家的任何其他人都更人性，爱丽丝或许是个例外。但就涉及情感的东西而言，比如悲伤的能力，动物——比如狗儿，要比人更胜一筹。"

费利克斯有种恶习，可以毫无过渡地改变话题。他要钥匙去楼上房间。"不，"我说，"上面很脏，没有收拾过，破败不堪。我很抱歉。"

他说："我可是永远不会有打扫房间的洁癖，难不成你在那里藏着一具尸体吗？"

那里没有，我想道，然后从烤鹅罐里翻找钥匙。一帮家伙兴高采烈地沿着陡峭的楼梯爬上去。我有好几年没有上去过了，乌尔里希是最后一个上去撤空他的石块积木的人，那是在多年前，他要让人给我安装煤气取暖装置。（我的上帝，那真是一场惊心动魄的游戏！）

我知道得一清二楚，他们将在半小时之后带上所有可能的物品站在我面前立正致敬。

第七章

"要是孩子们想从你这里拿点东西，你别那么吝啬，"胡尔达说，"但有一点我还是想知道：作为新婚妻子，你至少感到很幸福吧？你之前跟我说起的你的丈夫，所有的一切听起来是那么否定。"

我是不公平的，贝恩哈德不该受到这样的对待。当然我起先对婚姻很兴奋，因为我摆脱了巨大的负担：正如苍老憔悴的范妮那样，结束了作为老处女的恐惧。我觉得可以说"我的丈夫"很奇妙，我也享受躺在双人床上，夜里有人做伴。当我终于怀孕，可以证明我在受孕方面并没有落在其他女人后面时，我的幸福几乎是完美的。

我说的是"几乎"，因为我本来可以更高兴才是。贝恩哈德像教训女学生那样教训我，纠正并劝告我，可能也是爱我的，可他完全不明白什么叫乐趣。当我出于毫无意义的动机或者完全就是在不得不取笑他时，他皱着眉毛摇摇头。每天早上，他都要把聪明的脑袋浸入浴缸，"让脑积水"，以便最后用梳子分出非常清晰的中间头路来，然后从两侧分配他的鱼刺状棕色细发。我喜欢观望然后咯咯地笑，直至他养成关上浴室门的习惯。

大学生们神速地从楼上吵吵闹闹地奔至楼下，他们真的只是参观了那三个小房间，但没有把一切翻个底朝天。除了费利克斯，谁也没有进入我那个全新的客厅。他紧紧抱住一只很大的糖果盒子。他还是动手了。"外婆，我可以在你的宝贝里面翻看一下吗？"他完全不受拘束地问。

他可以在我去世之后心平气和地大发横财，我已话到嘴边，可没有说出口。我将上面压印有花纹的玫瑰和有着褪色字样"最精美的施托尔韦克牌夹心巧克力"的那只盒子抱在怀里，然后取下橡皮密封。我自己都无法确切知道我在数十年前往那里面藏了些什么东西。

"贝壳！"费利克斯惊讶地说。一把西班牙扇子，一家昂贵的饭馆的一张菜单，一个信封里有一条断裂的项链的珍珠，难以辨认的女友们的小孩照片，我大女儿的印第安人首饰。我和费利克斯突然好奇心十足地一起翻找起来。他预料有些物品对我具有罗曼蒂克的意义。当他打开一只白色的珠宝小盒时，我的额头上沁出汗来。

"一级铁十字勋章，"费利克斯饶有兴致地说，"是谁的？"

"我丈夫的。"我说，然后将勋章迅速地重新放回小盒里。

"战争时死去的人太多了。"费利克斯看到我变得很严肃时，天真地安慰我道。

"我们家的男人死亡大事开始于阿尔贝特自杀，"我说，"四年后父亲去世。我的二哥海纳在一九三九年战争刚爆发就死了。他作为战地记者参加了波兰战役。我的大哥恩斯特·路德维希虽然一开始被允许继续经营他的农家院落，因为他被视为不可或缺的人。但后来，波兰劳工被分派给他的妻子打理农庄。恩斯特·路德维希于一九四二年在塞瓦斯托波尔附近阵亡。"

费利克斯指了指那只小盒子说："那你的丈夫呢？"

"一九四三年夏天在第聂伯河畔。我收到了一封信，信里提及一场英勇的防御战的一点情况，后来他们给我寄来了这枚勋章，身后的荣誉。"

"所以说，似乎只有某一个顽强的胡戈活过来了吗？"我的外孙问，试图用这个玩笑话将我从伤心的过去中引开。

"胡戈又一次幸免于难，他只是失去了左手的两根手指。另外，他在一九四四年成为法国战俘。和许多其他人相比，他交了好运。"

"那么，你看来也是所有奶奶辈中运气最好的。"

他又去厨房了，想必那里的活儿终于忙完了吧。我猛然想起或许透露的秘密太多了。

下午，我向那两位姑娘提出了请求。"你们能开车送我去城里吗？"

"要是马克斯把他的车借给我，那没问题，"苏西说，"可也许我们应该帮您买些东西。"

我得去理发，但在此之前想给自己买件新裙子，这些女大学生可以给我参谋参谋。哪怕再爱我，劳驾费利克斯也是不合适的。

胡戈已习惯伊达衣着高雅。再说，他始终偏爱穿着华丽的女人。塔雅说："我真的觉得您穿着运动服很有趣，倘若处在您的位置上我也别无选择……"

苏西接着说："费利克斯说过您以前经常去美国，您或许在那里看到过老年人对传统习惯不屑一顾。"

你可别又要把一切搞混淆了，我想提出反对意见，那里就和这里一样也有许多庸人，一件运动服和这件事没有关系。"在某些场合我没有什么合适的衣服可穿，"我像贵妇人一样地说道，"另外，我不熟悉现在的时尚，如果你们完全坦诚地给我一个提示，我适合穿什么，没法穿的又是什么，那就是帮我的大忙了。"

"塔雅，这个最好你来做，"苏西说，"我总是只穿牛仔裤。"

最后，我和塔雅出门了。我们刚坐上车，她就开始抽烟，然后问我，如果我处在她的位置是否会嫁给一个年长二十七岁的男子？

"不，"我说，"因为什么？"

"因为爱情。"她有点尴尬地回答。

"你为何要问我？如果你已经做好了打算，那你不会对我的建议感兴趣。"

她面红耳赤了。"我原以为您不会有偏见。"她说。

"没有人会这样。他至少有钱吧？"我恼怒地问。

塔雅号哭起来。"他离异，挣钱不错，但需要抚养一个女人和三个孩子。"

我不认识这个男人，为何偏偏我该知道？正如可以猜测的那样，是否他只是贪恋年轻的肉体？

"我自己做错了很多事，"我说，"但众所周知，外来的经验很少能帮上忙。再说也没有什么童话中的王子，人人都可能走向阴险可怕的深渊。"

她重新镇静下来，我们去试穿衣服。在一个狭小的更衣室里频繁地脱衣穿衣对我是一种折磨，塔雅不知疲倦地拿上新衣服，再把不合适的衣服放回去。如果请她帮忙看看袖子长短，那就是太贬低我了，所以没有帮手做起来很费劲——像蜘蛛网里一只臃肿的甲虫。我透过挂帘看到，那名女店员和塔雅交换了一个密谋似的眼神。我没有适合穿的尺寸——那些裙子在胸口那里太宽，在腰身那里太窄，从整条裙子看，要么太长要么太短，真是绝望至极。

其间来了一个美国女人，请塔雅帮忙照看一下她的婴儿，免得在她试穿时受到打扰。令人钦佩的是,我的女陪伴抱着一个黑人孩子，那个母亲消失在许多更衣室的其中一个里，让我们感到诧异的是，她却再没有出来。最后，塔雅在一个个挂帘后面寻找，却找不到那两条黑色大腿。

"我们干脆留下这个朗姆酒巧克力球吧。"她开玩笑道，我设想，如果我交给胡戈一个黑人婴儿的话。他一定会目瞪口呆。就在这时，孩子母亲回来了，彬彬有礼地表示很抱歉。

终于，塔雅在青少年服装区发现了一条适合我穿的连衣裙。淡蓝色的小散花、灯笼袖子以及一条乖巧的白领子，既可以适合十四岁的姑娘，也可以适合八十岁的老太。我们大家感到很轻松，然后塔雅开车送我去理发，她同样也要剪发——我对她的耐心表示由衷的感谢。

哦，胡戈，年轻时独独花在美容上一个下午很可能就是尽情享受，可现在，它就像穿越沙漠的长征那样辛苦费力。不幸啊，你并不是用钦佩的眼睛注视我。

坐在汽车里，我提及她那个年迈的情人。"我的孙女柯拉嫁给了一个有钱人，他至少可以做她的父亲了。她和你同龄，却已成了寡妇。"

塔雅沉默无言，调整后视镜，好欣赏自己的新发型。她把长头发剪得很短。她老是点着一支烟，在最不可想象的交通状况之下，而没有让双手操纵方向盘。我为我们俩买了同样的香水，胡戈以前喜欢"我归来"香水。"完美！"他习惯说。米勒晚年诱惑他时，正如她向我本人承认的那样，他送给她铃兰香水。我当时觉得很伤心，可我没有权利对她生气。

我回到家，费利克斯自然冷嘲热讽一番，戴上我的一副太阳眼镜，说"葛丽泰·嘉宝"。"飞毛腿"想分散我的注意力，因为他觉得塔雅的发型很奇怪；因此我始终认为男人喜欢的是蓬乱的长发。但愿他向她求爱成功。后来我听说她向费利克斯打听他的表姐柯拉。

"一个狂妄自大的轻佻女人，"他说，"不过在托斯卡纳有一栋房子，可不能小看。"

明天他们可能就干完活了，我几乎有点伤心，可也感到轻松释然。客厅、卧室和浴室已经被粉刷、打扫和清理过了。在太阳的照耀下，厨房发出黄色的光芒，他们今天开始整理过道和储藏室了。费利克斯还把各种各样的破烂货放到楼上去了。那里看起来什么样子，我完全无所谓——我死之后，哪管洪水滔天？

"顺便说一句，你有邮件，外婆。"我听到有人说。谁会给我写信呢（大概是柯拉，我刚刚说过她的坏话）？

胡戈在一张明信片上潦草地写道（既没有称呼也没有签名）："我在旅行。凡持久者，皆有温柔之性。"

林格尔纳茨。胡戈可以多么奇妙地引用《库特尔·达德尔杜》[1]或者《一名感冒的女黑人的晚祷》的诗句。我们对下列诗行发生争执："……那儿的森林边上，袋鼠在出没……"我说："只需稍候，你也将安息，我的袋鼠。"胡戈则有不同看法："猫下崽，袋鼠在出没。"将诗歌中的碎片整理得井井有条，这是我们最喜欢的游戏之一。我们俩的脑海里储存的东西很可观。

胡戈依然知道那首诗歌如何在他的明信片上继续下去吗？

时间
使所有的生物变丑。
一只狗在吠叫。
它无法阅读。
它无法写字。
我们无法留下。

我躺在床上睡不着觉。放在夹心巧克力糖盒里的那枚铁十字勋

---

1 库特尔·达德尔杜是德国诗人约阿希姆·林格尔纳茨（1883—1934）创作的诗歌中的主人公，是一名海员，作家塑造的这个艺术形象和作家本人，在20世纪20年代和30年代成了家喻户晓的人物。达德尔杜后来成了海员下班休息和安睡的代名词。《库特尔·达德尔杜》是诗集名，《一名感冒的女黑人的晚祷》也出自该诗集。

章又把许多事情挑起来了。一九四三年我突然成了拥有婴孩的寡妇：维罗妮卡四岁，乌尔里希才三岁。我父母的家已经不复存在，母亲、伊达、海德玛丽和许多难民一起居住在我大哥入赘后获得的农舍里。恩斯特·路德维希阵亡了，我的嫂子原来是大胆的妈妈，我还以为她是笨拙的纳粹农妇。鉴于年轻男子集体死亡，她彻底修正了自己的世界观，显示出伟大的组织能力和分担能力。她让一个驼背的表兄弟拉着一辆马车给我送来土豆、甘蓝叶球、鸡蛋，偶尔也有一大块肥猪肉。尽管如此，我们的日子依然过得很悲惨。

战争结束时，我的孩子得了伤寒。尽管有农民的捐助，但我们都消瘦了，即便在夏天也觉得很冷。我长途步行数公里，用我做嫁妆时的手工绣花衣物为孩子们换取牛奶。我的女友米勒，家被炸毁了，她连同她的父母一起暂住在我家里。

一天，胡戈站在这里的家门口。他从俘虏营获释，寻找他的家。我们相拥而泣，可他只待了几小时。我们为对方看起来那么不幸而痛哭，可那也是错过了爱情的眼泪。

三周后，胡戈又一次出现在这里的家门口，人稍显滋润。他随身带了个旅行背包，包里装满了苹果和一块凝乳。他说海德玛丽健康而有力，伊达却使他很担心。她得了一种久治不愈的眼睛炎症，完全垂头丧气。然而，她还是劝说胡戈重操鞋业。因为在达姆施塔特市场的废墟下面，地下室的巨大仓库里，那段时间里没人买得起的鞋子存货安然无恙。藏有家族银器和其他珠宝的箱子都要从防空洞里取出，撤到我家里安全的地方。

胡戈开始骑着单车穿越村庄田野，用鞋子换取食品、燃料、肥皂或者白炽灯。他穿着那件被溅脏了的防风雨橡胶大衣，背着油腻的旅行背包，每晚再回到我家里。鞋子的买卖做得不错，胡戈甚至可以用两双耐穿的冬鞋换一辆生锈的两轮自行车挂车。周末，他回到农村的家，把从那儿抢来的一半货物慷慨地留给我。孩子们的身体渐渐好转起来，可是他们还很虚弱无力，需要很多睡眠。

胡戈就这样住在我家里了。鞋子仓库就在附近，作为胡戈旅行的起点，我的房子要比恩斯特·路德维希偏僻的农家合适得多，而伊达和他的女儿却是妥妥地被安顿在那里。我的姐姐对我为胡戈做饭洗衣表示很感谢，并且认为他借此稍稍照顾一下我和孩子也完全正常。此外，那些鞋子从某种程度上看是家庭遗产。在吉森一家医院工作的爱丽丝，偶尔也得到一些资助。她本人也会给我的孩子和伊达寄上一些药物。

一天夜里，我和胡戈终于自然而然地一起躺在双人床上。这不是突如其来的决定，不是出于不着边际的热恋，而是出于幸福快乐的休戚与共的感觉。我们的爱情虽然柔弱，没有充满激情，却是我认为的那样很稳定。

"要是伊达身体好转，我重新建立了生活保障，我就准备离婚。"胡戈说。

我们非常幸福。我消除了想起我那有病姐姐的念头。

胡戈眼下没有机会重操书商的旧业，但肯定马上就会好转起来。我们俩永远属于一个整体，我的孩子喜欢他。他自己的女儿海德玛丽现在已经十七岁，可惜既没有遗传伊达的美丽，也没有遗传胡戈的魅力。胡戈实际上只有在她面前有负罪感，他给可怜的海德玛丽取了一个如此庸俗的名字，他一定愿意给她提供一个更加兴奋活泼的环境，而不是一个偏僻的庄户人家。可是就算在达姆施塔特，人们也不得不在为活着战斗，头脑里装着其他东西而不是文学艺术。然而，胡戈还时不时地用一双鞋子换取书籍，人们当时认为这是只有疯子才会做出的行为。

一年后,库存的鞋子用完了。但是在一九四六年那个冰冷的冬天,我们要比其他很多人过得更好。胡戈已经及时地伸出了他的触角,靠各种不同的黑市生意、非法的中介以及临时工勉强维持生计。就当时的境况而言,我们有足够吃的东西,有足够供暖的条件。我的姐夫兼情人甚至参与一所学校的重建,他在那里学习了混凝土搅拌和砌墙,练就了一身真正的肌肉。他在一家被美国人征用的旅馆里担任夜班门卫,一周四次,然后尝试阅读纽约的报纸。这是一份人人渴望的工作,胡戈能找到这份工作,得归功于各种关系、他从未成为纳粹党员的证明,以及他具有的还算不错的英语知识。他从美国人那里带回来很多东西,他把口香糖和巧克力给了孩子,把香烟给了我们俩。结婚之后我戒了烟,因为贝恩哈德是坚定反对尼古丁的人。现在,我们坐在一起,像从前在鞋子仓库里那样,吞云吐雾地、无拘无束地闲聊。

现在,每当周末,胡戈越发频繁地待在我家里。伊达知道她的丈夫身体劳累过度,需要静养。另外她相信他常常也要在周日担任门卫的工作。我一直在想,她其实一定产生怀疑了。

一切都变成了另外的模样。

第八章

胡戈上夜班，孩子们各自带上一个橡皮热水袋睡觉去了，外面又冷又黑，雨夹雪不停地下。我的小房子里本来并没有不舒服，我懒洋洋地坐在厨房里，那是唯一有暖气的空间，我在昏暗的灯光下阅读阿克塞尔·蒙德[1]的《圣米歇尔的故事》，想着马上要把床铺焐热，梦里等着胡戈回来。

这时，有人在大门口使劲敲门。我立即无所畏惧而又毫不猜疑地奔到过道里，打开房门。

外面站着一个白色幽灵，根据轮廓我看出是一个有病的陌生男子。他一声不吭，摇摇晃晃地走进门，任凭他那褴褛的大衣掉落在地。然后他搂住我："夏洛特，我要死了！"

我叫喊起来，朝后退去。我去世的丈夫从坟墓里爬出来了。

贝恩哈德坐下来。他说很清楚我会感到惊慌，他看上去肯定很恐怖。

这自然没错，我开始勉强地注视他：衣服破烂不堪，人瘦成了皮包骨头，皮肤变成紫色，小小的空间里充满着可怕的恶臭。我感觉

---

1 阿克塞尔·蒙德（Axel Munthe, 1857—1949），瑞典医生和作家。

不舒服，可我那依然比较愧疚的良心让我终于发问道，他从哪儿来。

三年多前，贝恩哈德的战友把身负重伤的他留在战场上，因为他们认为他已经死了。他从俄国的野战医院被送往一家西伯利亚劳改营，那里的人被禁止给家属写信。他不得不在道路工程公司从事最繁重的强制劳动。终于在一周前，红十字会允许他离开，因为一名瑞典大夫认为他已病入膏肓。人们给他买了一张车票，让他上了火车。

贝恩哈德终于开始打听孩子的情况。"他们早就睡了，"我说，"他们常常生病，不过现在好多了。"

贝恩哈德太累了，没有再过去看看孩子。"反正我不允许他们拥抱我，我的肺结核还没有治愈。"他说。

哦，我想道，可是你想要搂抱我。"你不饿吗？"我终于尴尬地问。

"不，"贝恩哈德起先回答，然后又说道，"饥饿根本不是事儿。"说完突然干咳起来。

几小时后胡戈就要回家了。为了掩饰我颤抖不止的紧张不安，我把拥有的存货全都拿出来，很多很多。上午我撕下一周口粮的食品配给票并进行了兑付，此外胡戈用外公的布谷鸟钟换来了五罐很大的美国奶粉和蛋粉、腌牛肉、雀巢咖啡以及一条"好彩"香烟。我打开正方形的牛肉罐头，切面包，把前一天的土豆切成小块然后在充足的动物油中煎着。贝恩哈德用呆滞的目光注视我。蓦然，他抓住一片面包，终于开吃起来，越来越迅速，越来越贪婪，越来越气喘。但愿他能忍受这个，我想，他似乎真的在思考，我们总是吃得那么丰盛。

我那谣传死亡的丈夫一边吧嗒吧嗒地吃饭，一边指了指胡戈的威士忌。"或许喝茶更有益于健康吧。"我喃喃自语，然后打开酒瓶。

以前那么注重餐桌礼仪的贝恩哈德，用手指将那些油煎土豆塞进嘴巴，然后对着瓶口喝酒。肥油和白酒从他嘴角流下来，加上他在流鼻涕，红肿的眼睛凸出，我感觉自己犹如在噩梦中一般。

他在不停的咀嚼之中用右手脱下那双穿破了的靴子，他的脚臭气熏天，差点儿让我窒息。他必须洗澡，他的所有东西必须烧掉，我想道，却又别无办法，只能怀着同情的厌恶打量他的饕餮和纵酒狂欢。等到洗澡水热起来，无疑又是整整两小时过去了。

贝恩哈德，这个干净整洁的人，变成了动物。"人家把你怎么了……"我说。

酒喝掉了半瓶，贝恩哈德像灌凉水一样地灌下白酒，或许他马上就要从椅子上倒下了。

"上床去，夏洛特，"他突然说道，"我的饥饿还一直没有消停。"他开始从脚上褪去灰色破衣服。

"可上面很冷，"我说，为了赢得时间，"我们只有厨房里有暖气。"

这个"我们"是个错误，可贝恩哈德没有注意到。他脱下衬衫和裤子。他想把硬硬的厨房桌变成床垫吗？楼上柔软的双人床上放着胡戈的睡衣。我这辈子永远不想再和贝恩哈德睡在这张床上。

现在他赤身裸体地站在我面前。"脱衣服！"他命令道。

早年，我们总是穿着睡衣就寝，我对我没穿衣服的丈夫只有一种模糊的想象。可是，当那样一个臭气熏天的身上爬满了化脓性脓包的恐怖形象站立在我面前时，却让我厌恶得浑身哆嗦。他晃晃悠悠走近我时，我竭尽全力地推开他。贝恩哈德太虚弱了，不由得摔倒了，砰的一声头撞击在煤箱上。鲜血从他额头上流出来。

我绝望地等了一会儿，然后小心翼翼地靠近他。贝恩哈德要么是失去了知觉，要么是通过睡眠醒酒。呼吸急促而沉重。我该怎么办？

我终于拿来药棉、碘酒和膏药，把伤口包扎起来，伤口虽然一直在出血，但出得不那么快了。他因为赤裸身子，我不能把他放在厨房的石头地板上不闻不问。他身体一定够轻的，没有人帮忙我也可以把他硬拉到隔壁的沙发上。可是，仅仅必须把他抱起来的这种念头，就会重新让我心生恐慌。他在我的怀里肯定会重新醒来！难道就让他躺在那里，等着胡戈过来帮我的忙吗？情急之下，我拿来一条灰色的粗羊毛毯，盖在他那骨瘦如柴的身体上。

渐渐地，我的心更平静了一些，将剩下的饭菜放到冷藏室，把那只平底锅泡在水里，然后点上一支美国香烟。

一种感觉突然向我袭来：必须洗刷掉我身上的脏污。我拿起沉重的水壶跑进寒冷的洗澡间。当我回到厨房时，汩汩的声响从贝恩哈德的毯子下面传出来，而那股恶臭实在令人难以忍受，我恨不得立即打开窗户。可是，冷飕飕的穿堂风恐怕会给这个喝得烂醉如泥的人以致命打击，我只好放弃了，逃到隔壁冰冷的客厅里。要是胡戈在该多好！我想。可是，如果是这样，那些问题也不会被消除。我的牙齿在咯咯打颤，我把自己裹在一条小毯子里，有种已经被贝恩哈德的病传染上了的感觉。

当我终于听到大门口钥匙的响声时，我冲下楼去，抽噎着倒在完全蒙在鼓里的胡戈怀里。我无法说话，他不得不一再安慰性地拍拍我的后背。胡戈当然也很累，身子都冻僵了，径直向温暖的厨房走去。

"不，贝恩哈德在。"我支支吾吾地说。

胡戈认为我有病，用他那只冰凉的手摸了摸我那汗津津的额头，然后用力打开厨房门。他马上闻到了味道。"是你呕吐了吗？"他开口道，因为他看到毯子下面有一个包裹。

我开始断断续续地说起来。

胡戈几乎没在仔细倾听，走到躺着的人跟前，同样审慎地摸了摸他的额头，就像刚才摸我的额头那样。"出什么事了？"他问，我又向他解释了一遍。

胡戈小心地将毯子盖在贝恩哈德的头上。"他死了。"他说。

我痉挛似的叫唤着。

胡戈堵住我的嘴巴。"你别吵醒孩子……"可他的话没起到作用。

"我把他杀了！"我尖叫道。

谢天谢地，胡戈还算保持着镇静的态度。他给我倒了杯白酒，强迫我干了杯中酒。"他完全一个人喝掉了我那瓶上好的威士忌……嗯，这个无济于事，我要叫医生，"他说，"我认为他是在呕吐时窒息而死。你照例可以给他喝点甘菊茶和燕麦粥……"

我重新歇斯底里地吼叫起来："我把他杀了！"

当然这四处没有一个邻居家有电话。到医生家，胡戈得骑车花上半小时；到他的美国旅馆，那里当然有好多部电话，却也几乎一样远。尽管如此，筋疲力尽的胡戈还是重新穿上大衣。

"不，"我吼道，"我要被送进班房的！那孩子们该怎么办？"

胡戈又一次看了看他的伤口。"孩子们看到他了吗？"他问。

我摇摇头，走到窗口。外面在下雪。"对不起，胡戈，"我恳求道，"如果你一生中曾经爱过我，那就把他弄走……"

他惊恐万状地看着我："可那究竟为什么呢？你是如何设想这件事的？"

"把他放进拖车里，再运到任何一个垃圾场吧……"

胡戈认为我疯了。他想立即叫来医生和警察。"报告！"正如按照多年的兵役习惯所做的那样。

那我们该怎么办？如果伊达通过审判程序获悉我们的关系，那么胡戈从他的角度自然也认为这是一起刑事案件。另外，他陈述理由，在遇到贝恩哈德这种值得怜悯的身体状况时，任何一位医生都一定会相信，他死于身体衰竭。

"那么，加上流血的伤口，赤身裸体，酩酊大醉，呕吐很凶，"我说，"任何一个瞎子都可以看出这里有故事。有人会想，他一定是在自己家里找到你的，你一定是在争执中把他杀死了。由于你无法出示抓痕，而贝恩哈德完全可能被一阵微风吹倒，因此看起来恐怕几乎不可能存在正当防卫的问题。"

胡戈抽了第十支香烟。突然，他说道："我的脑子里乱哄哄地一团糟，我得先躺下休息，免得神经失常。刚才以为我得的是流感。明天我又会清醒了。"

在我的想象中，我看到胡戈已经舒舒服服地躺在楼上睡觉，而我却是和死去而发臭的贝恩哈德独自镇静地待在厨房里。我开始重新叫喊起来。不知什么时候，胡戈不得不承认失败。他将尸体裹进那件防风雨橡胶大衣，再扛到地下室里。他让我把厨房地板擦干净。我打开所有的窗户，未多加考虑就用火钳将随处摆放着的破衣服塞入发出微光的炉火中，这些破衣服熊熊燃烧，烟雾腾腾地烧掉了。等到胡戈从地下室回来时，只有靴子还摆在桌子下面。

"赶紧上床，"他吩咐道，"否则明天我们俩都要生病了。"

疲惫不堪的胡戈真的立即睡着了，而我——紧靠着他——却反复地看到昨天夜里那恐怖的幻影出现在我面前。"贝恩哈德是你孩子的父亲，"我自言自语道，"你也对他们做出了极其不公正的事。"胡戈起先作为房客睡在客厅的长沙发上，后来最终搬到了双人床上。他常常很晚回家，又很早起床，因此我最初可以阻止孩子们将他们的姨夫视为我的同居伴侣。可是随着时间的流逝，这就无法避免了，因为维罗妮卡夜里频繁地钻进我们的被窝里。自从在防空洞里经历了可怕的轰炸之夜之后，她还一直做着恐惧不安的梦。乌尔里希则是喜欢在清晨站在我们的床前。"姨夫胡戈现在是我们的爸爸吗？"有一次他问道。

胡戈喜欢孩子，休息日经常在大床上讲些奇特的故事逗他们发笑。我们四个人盖着很多的被子取暖，喝着热可可，吃着美国苏打饼干。那是些宝贵的时光。维罗妮卡偏爱新大陆，或许当时就是被糖果——适合舌头咀嚼的好吃的环形糖果——以及口香糖唤醒的。如果这种田园生活和某种经济繁荣同时继续发展，那就太美了。在贝恩哈德出现之前，我为自己设想了一个美好的未来：一旦胡戈离婚，我终于拥有一个真正配得上我的丈夫，孩子们也会拥有一个慈爱的父亲。总有一天，他会重新作为书商工作，拥有自己的书店，生活过得俭朴滋润……可现在，贝恩哈德躺在地下室里，我所有的梦想破灭了。

"不，"我轻声说道，为了不吵醒胡戈，"没有人看到他在这里，他根本没有来过。"

黎明时，我起床，清理了厨房炉灶上的灰烬，重新扇大炉火。我在桌子底下找到了贝恩哈德的夹克和内裤，我同样把它们塞进炉火中。靴子放在哪里？我不能让孩子们注意上它，于是把靴子放到地下室，搁在那包碎瓦片旁边。

终于我和孩子们坐在一起吃早餐了。学校现在才开始差不多正常上课，乌尔里希和维罗妮卡刚上一年级。所有学生必须带上一块煤饼，用报纸包好去上学。

维罗妮卡晚了一年上学，但许多难民的孩子年龄差距更大。我每天陪着小孩穿越大十字路口。当时的汽车虽然少得多，但我担心旧卡车那些失灵的刹车和轮胎。

当我重新站在厨房里，胡戈走下楼梯，揉了揉眼睛。他不像平时那么友好，没有吻我。

"我们得给贝恩哈德穿上衣服，再让他躺在沙发上。然后我们告诉医生，我们发现他今天早上死了。他的东西在哪儿？"

我指了指炉子，又开始哭泣，因为我看到那些指责冲着我来了。"他的证件在哪里？"胡戈预感不祥地问。说完他用火钳从炉火中夹起已烧成炭的夹克。事实上衣服口袋里有一团纸头状的东西，但已经没救了。

可胡戈并没有责骂什么，他明白他得跟既成事实打交道。他也知道得太清楚了，他拿贝恩哈德平常日子穿的衣服亲自换取鸡蛋和土豆，因为他本人穿那些衣服不合身。"真的没有人看到他吗？"他简短地问。

我认为他的问题是一个好的信号，于是摇摇头，尽管我到最后还是不知道是怎样的情况。"天漆黑一片，又是下雨。"我说。

胡戈的头脑在工作。"把所有的香烟给我，"他吩咐道，"我要试试看……"我疑惑地注视他。"那个工头抽烟上瘾。我试试问他要一些砌墙用的方石。"

虽然我不是很确切地知道胡戈打算拿这种建筑材料干什么，但是我凝神谛听，还拿来了所有那些包装好的美国食品、香烟和咖啡，也从衣橱里拿出旅行背包。

胡戈摇摇头。"我最好还是用拖车吧。"他说完后只是把香烟用报纸包好，然后寻找他那件防风雨橡胶大衣。"啊呀，我差点儿忘记了……"他简短地说，穿着套衫去了工地。

晚上，他气喘吁吁地回家。"我跟美国佬请病假了。"孩子们坐在桌前画画，他没法讲述细节问题。后来他把砖头和一袋水泥扛到地下室去了。"明天运来第二车。"他许诺道。

直至乌尔里希和维罗妮卡躺在床上，我们才一起爬下楼。胡戈指给我看洗衣间的一个角落，他想用水泥把贝恩哈德砌到那里去。我主张把他藏入地下室煤仓里。"不，"胡戈先见之明地说，"那里没有壁炉。但是在洗衣间，这一个角落被水泥封住了，如果我拓宽壁炉的话，谁也不会注意到这一点。"四十年之后，当在从前的地下室煤仓里安装用于煤气取暖装置的锅炉时，也可以证明他的计划有多么完美！

胡戈干活干了两夜。当竖井够及他的胸部的时候，他就把一直还是僵硬的贝恩哈德笔挺地竖立在狭窄的管道里。因为死者瘦得只剩下皮包骨头，这个管道像是为他量身定做似的。胡戈不想再收回他的防风雨橡胶大衣，他感到羞耻，把它作为寿衣和最后的礼物裹在贝恩哈德悲伤的身体上。第三天，他把那双靴子塞进墓地围墙内，然后把围墙的缝隙给填满了。

我的轻松和感激真是无以复加，可胡戈似乎变了。他很少说话，不抽烟的时候显得烦躁不安，尽管他亟须睡觉，却自愿在美国佬那里额外加了几天班。我不仅在面对孩子们时感到心有愧疚。作为小伙子，胡戈连一头雄狍的内脏都不愿意掏空，我如何能强迫他去做这样的事呢？无论如何，战争也改变了他，人们完全可以说，他戒掉了某些过敏反应。胡戈可以拿我哥哥海纳那部稍有毛病的徕卡相机（也存放在父母的地下室里）换取带有毛皮里子风帽的风雪大衣。在这点上，他看起来很有魅力。

我几乎不敢正视我的邻居，我简直期望人们把我当作夜晚的访客。可或许人们真的没有注意到贝恩哈德。

这段日子里，我很少想起我七零八落的家人，母亲却来信了。她想马上庆祝自己的六十五周岁生日，渴望把女儿们召集起来，她反正也没有了儿子。此外，这封信的字里行间包含着轻微的责备，胡戈已有好久不到伊达那里去露面了。或许，如果能和丈夫共同生活，他们大女儿的身体会好转。我很清楚，母亲产生怀疑了。

当我们看到这封信的时候，我们认为自己是坏人。胡戈一时冲动地说："明天我到我妻子那里去。"他未曾对我的姐姐使用过这种措辞，他伤了我的心。

可是我也绝不想让母亲失望，很乐意向她展示我的孩子们多么有教养。可然后我想起，维罗妮卡和乌尔里希是小告密者，他们一定会毫无恶意地问，为何胡戈忽然又躺在伊达旁边睡觉呢？我该怎么办？我毕竟不能对孩子们撒手不管。胡戈漠不关心地耸耸肩。他的心已经远离我了。

第九章

　　我本来期待母亲战后愿意搬到城里和我住在一起。和其他军人寡妇相比，我拥有足够的住房，我这里的房子保护良好，差不多是奇迹了。可母亲眷恋伊达，希望住在她附近。此外，当她的第一个也是最亲爱的儿子恩斯特·路德维希阵亡时，她把真正的溺爱放在了他的两个孩子身上。母亲在农庄有着固定不变的义务：她关心着菜园和孙儿，她喂养母鸡，编织衣物，缝补衣服。也许她要比我能干得多。胡戈的女儿海德玛丽开始了裁缝的学徒生活。我的嫂子莫妮卡和我同龄，似乎在牲口棚和农田里从事体力活儿。是啊，她从青年时代起就习惯做这些活了。

　　胡戈下定了决心，下个周末到乡下去了。直至两周后，母亲才庆祝自己的六十五岁生日。他一脸严肃地回来了。他说伊达特别有气无力，他认为她不能只相信爱丽丝的那些维生素药片。乡村医生虽然断定她得的不是慢性病，但强烈建议伊达到内科大夫那里检查一下，迄今为止她因身体的虚弱错过了这样的检查。我不得不惭愧地承认，我马上想到了癌症，并且——值得同情的是——听到了死亡的钟声和婚礼的钟声。然而为何总是推迟看病，我觉得至今仍是个谜。有着责任意识的爱丽丝直接接走了伊达，把她带到医院的主任医师那里。可是，直至我们大家相聚在小费尔达¹庆祝母亲的生日之后，这事才成。

母亲看起来不错，比以前更苦条，却并不瘦弱。以前她声称自己是属于城市的小老鼠，可现在她特别喜欢把自己称作田鼠。她虽然穿的是一条老年人穿的黑色连衣裙，却是在海德玛丽的帮助下用一件破烂枕套的花色滚边装饰而成。胡戈早就把从防空洞里取回的家庭首饰重新交给了她，她为了庆祝那一天也把相当多挂在脖子、胸部、手指和手关节上的首饰送给他。

莫妮卡最小的孩子舍尔希老是离不开我母亲，他和我儿子同龄，但整整高出和胖出一大截。我很高兴胡戈还是决定待在达姆施塔特我的孩子们那里。我们杜撰了一个突发的流感作为礼节性谎言。就母亲的天平而言，在我的苍白而安静的乌尔里希和这个面颊丰满红润的乡下男孩之间进行比较，恐怕对我的孩子不利。舍尔希虽然和他的母亲莫妮卡很像，但对这个自豪的祖母来说，他和他的哥哥汉西跟他们去世的父亲长得一模一样。

很明显，我既不必为母亲，也不必为范妮担忧。不过我们信奉天主教的姐姐在不幸的岁月里绝没有变得更瘦，而是发胖了。她那个老神甫不久前去世，她已经给他料理家务很久了。新神甫还是个年轻人，在一座外国的修道院里躲过了战事。他很受教徒们的喜爱，这从赠送粮食的数量上可以看出来。范妮很兴奋，姑且不说是她爱上了他。难道人们必须从她的角度去考虑问题吗？我得先说一句，爱情曾经是并且始终是单方面的。

我好久没见到过伊达，感到很震惊。并非是她像个重症病人那样躺在床上，而是她暴露在人面前的无限疲惫却又彬彬有礼的漠不关心。她既没有悲叹，也没有显得邋遢，或者过早变老，可大家有种失

---

1 小费尔达（Klein Felda），位于德国黑森州。

去她的感觉。当然我觉得我自己需要负一部分责任。

爱丽丝目前是病房护士，快乐地向我们透露她的未来计划。明年她准备嫁给一个医生，不过他得过轻微的支气管炎哮喘。爱丽丝准备结婚后上大学攻读医学专业。

"可是孩子，你马上就二十八岁了，"母亲说，"你可没法再读大学了！"

爱丽丝只是哈哈一笑。

"你还会感到惊奇，"母亲说，"只要第一个孩子出生，那种荒唐的念头就会被忘记。"

"人未必要生七个孩子，妈妈！"爱丽丝说。

伊达、范妮和我好奇地朝我们的母亲望去。她怎么会接受如此厚颜无耻的事呢？母亲究竟开明到何种程度？可能和任何一代人一样（不顾自己的存在），我们也认为我们的父母是无性的人。

她的反应很冷静。"可是能够做什么呢？难道应该把婴儿淹死吗？"

虔诚的范妮惊慌失措了。尽管唯有她——海德玛丽刚好不在——并没有因为自己的实际经验而受过训练，但是她为某种计划生育发声："人们当然不能擅自插手亲爱的上帝的事，可恰恰是上帝给人指明道路，只是为了接纳受人欢迎的孩子。"

此刻，我和伊达都对我们信仰天主教的姐姐大吃一惊。可母亲不动声色地说："如果你暗指安全期避孕，那么你的生活无论如何要感谢这种避孕法。"

我非常信任爱丽丝。在一次长距离散步时，我向她报告了我对胡戈的爱，不过并没有提及在地下室埋葬贝恩哈德的事。爱丽丝仔细倾听，不做评价，不做判断。可我本人在自我辩解之下突然犹豫不决了：接下来该怎么办？爱丽丝答应亲自为伊达约好医生。"我虽然有怀疑，"她说，"但是在人们确切知道她究竟得了什么病之前，我不想用你们的问题打扰她。"

我答应她了。此外，她还给胡戈准备了一份礼物。她的未婚夫，那个神经质的医生有个中学同学，此人想马上在法兰克福西区开设一家书店——或许是一个机会。爱丽丝已经最热情地推荐了她的姐夫，现在他得应聘，前去自荐。"可有一点我要马上告诉你，"她说，"正如在美国佬那里一样，他到哪儿都不会给自己捞取任何钱财。"

我知道物质方面对胡戈很重要，但并非特别重要。他以自己特有的方式像一枚毛里求斯蓝色邮票[1]那么稀少：一个注重实际的理想主义者。

莫妮卡千辛万苦地制作出一块口味纯正的奶油大蛋糕，在缺乏脂肪的年代，能吃到含脂肪的甜品就是最大的口福。人的一生中能想得起来的美食很少，那种大蛋糕就是其中之一。一层层的面团和海绵蛋糕上交替撒上了黄色奶油、红色果酱以及水果，以其高耸而富有高度艺术性的结构展示一个皇家脂肪小宫殿的形象。人们在"黄油"和"好的黄油"之间进行严格区分，很清楚，莫妮卡只使用后者。她的作品堪称巅峰的则是杏仁泥做成的玫瑰，由于缺乏磨细的杏仁，那个玫瑰是她用土豆块做成的。我带来了美国的咖啡粉，带来了一双红色皮手套作为送给母亲的礼物，那是一个纽约女人落在胡戈的旅馆里的。母亲后来又把它转送给了伊达。爱丽丝想到把医学使用的纯酒精和樱桃汁以及食糖混合起来，当作利口酒提供。

我们感觉我们女人——母亲、莫妮卡、伊达、爱丽丝、范妮、

---

1 发行于 1847 年 9 月 21 日的英国殖民地毛里求斯邮票，共计 1 便士（红色）和 2 便士（蓝色）2 种，首批邮票各印 500 枚，后发现将邮资已付（Post Paid）错印为邮政局（Post Office），之后再未加印，遂成国际珍稀邮票，现尚留存世上的蓝色邮票 12 枚、红色邮票 15 枚。

海德玛丽以及我——仿佛在安乐国里待了好几个小时。然而，大约在夜幕降临时，我们缺少了男性的陪伴。除了伊达之外，谁也没有男人。母亲、莫妮卡和我都是寡妇，爱丽丝订婚了，范妮和海德玛丽是单身。只有两个小男人有时嬉闹着冲进来，挤到莫妮卡或者母亲身边。

晚餐有土豆色拉，上面的色拉油因为有很多蛋黄而亮得发黄，当时谁都还没有想到胆固醇。在我们狼吞虎咽之前，母亲进行了餐前祈祷，持续了好几分钟，因为她回想起了死去的丈夫和阵亡的儿子们。

"你把阿尔贝特忘了。"我说。大家全都惊愕地看着我。

范妮和善地说道："上帝会保佑我们的弟弟。"

母亲沉默着。我觉得她最小的儿子之死成了永远无法言说的主题。

一周后，我早就回到了家里，突然怀疑自己怀孕了。等等吧，我想道，别马上陷入恐慌，别又让胡戈疲劳过度。前面两次怀孕，我也没有到大夫那里去，我认为怀孕生子不是病。要是我的预感证明无误，我们总还能考虑该怎么办。

胡戈比平时回来晚。爱丽丝在旅馆里打过电话，非常严肃地和他谈过话。她终于和伊达找过医生，医生证实了她们的怀疑。我的大姐得了多发性硬化症。

"这个病究竟意味着什么？"我问，无法摆脱这是一种致命疾病的想法。

"一种中枢神经系统发生炎症的疾病。"胡戈给我上课，这种病是阵发性的，不仅有良性的，也有致命性的——至少眼下无法说，伊达是否马上坐轮椅，或者完全不可能发生本质性的生理缺陷。可他接下来说的一句话，至今仍让我心痛："遇到这样的事，我暂时不能对我的妻子不闻不问……"

那我怎么办？我正想吼叫，可我说不出话来。我本来有个好消息——法兰克福书商的一封信——我其实已经想过，如果是录用通知，我就可以和他庆祝一番。

胡戈在房间里来回踱步。"你处在我的位置也会这么去做。"他说，像是在为自己辩解似的。然后他注意到厨房桌上的那封信，拆开来看：他可以在三周后在法兰克福开始书商的职业生涯，不过只是半日，因为没有钱支付全职工作。

我无法和他一起高兴。"我累了。"我说，然后上床去了，没有做出进一步的评论。

次日，胡戈就去了法兰克福，以便寻找合适的住处。在我们亲戚家的苹果酒酒馆里，有人愿意给他提供机会，如果他晚上在柜台上帮忙，就可以在阁楼上暂住。胡戈当即就答应了，因为这样的话他的生活问题暂时有了保障。小酒馆里还一直有宰杀家兔的，他想必不会饿死。一旦他之后找到了住处——这在被摧毁的城市里恐怕也并非易事——他想把伊达和海德玛丽接过去。他的新生活里没有我的位置。

看到我有多么抑郁寡欢时，胡戈本想安慰我，可我急促地动了一下挣脱了他。他倒是应该瞧一瞧，和一个始终需要更多服务和护理的女人以及一个笨拙的女儿，他在那里如何生活。还有，如果他知道我可能就要为他生个儿子的话，那该怎么办？这一切到头来又恢复正常。是我，而不是我的姐姐伊达想要和他一起搬到大城市去。

我的一生中从来没有重新像当时那样遭受如此哑口无言和顽固不化的折磨。我渴望奇迹的诞生。但一点也不奇迹的是，我的怀孕得到了证实——在我们这种生活方式中，这终究是一个自然而然的结果。

在我度过整个人生，在经过所有的岁月之后，我不得不依然痛哭流涕。我当时是多么不幸和孤独，除了爱丽丝之外，没有人知道。

可这时，电话响了。我激动地擤了擤鼻涕，然后拿起听筒。打来电话的不是我的孩子，甚至也不是孙儿，而是海德玛丽。她在吼叫，好像我的耳朵出了毛病似的。那好吧，她的父亲听力不好已有好久了。

"我们明天过来。我把爸爸放在你这里，我喝杯咖啡后继续赶路。你们肯定有许多要说的话……"

我忘记问胡戈要待多久了。她去慕尼黑，她要去那里干吗？我很兴奋。他们几点到？

大约四点。

也许她说了很多，但因为激动我真的什么话都没听见，我的耳朵在嗡嗡作响，我的心脏在怦怦跳动。接完电话我不得不躺下休息。胡戈，你今天摸上去究竟是什么感觉？你当时摸上去是什么感觉？我几乎忘记这一点了，可是，想象中的那种非常柔软的肌肤和舒心的芳香渐渐地回来了。胡戈喜欢昂贵的须后香波，可他使用起来非常严格，尽可能节约剂量。

偏偏我也还能听到过道里的脚步声。好在那个人只是费利克斯。他忧心忡忡地看着我，问我是否有什么地方不舒服。

"胡戈明天四点过来……"

费利克斯点点头。谢天谢地他是一个能干的年轻人。"外婆，我要给你买点什么？咖啡、蛋糕以及——"他不得不哈哈大笑，"一瓶利口酒？"

我跺了跺脚。"你不是知道得更清楚嘛。你们今天喝酸葡萄酒，那就买吧，不管好不好贵不贵。"我的眼泪又在流淌。

我的外孙把我按到长沙发上。"先安静下来，一切都会好的。躺下好好保养一下，明天你又会变得很漂亮。我出去买东西。"说完他就走了，我忘记给他钱了。

我一动不动地躺在沙发上，重新把自己看作是刚刚遭遇一生中最沉重损失的年轻女人：伟大爱情之死。我开始怀孕后的每一天都成了折磨。我想到堕胎，马上又摒弃了这个念头。我原则上希望和胡戈生个孩子，可我如何把孩子拉扯长大呢？此外，我也是太无力了，连相应的机会都无法打听到。几周后，当我和爱丽丝谈起此事时，要想手术又已经太迟了。

胡戈对此一无所知。他搬到了美因河畔，上午在书店工作，晚上在小酒馆帮忙。看来他非常喜欢这种生活。他认识了一大群人，不久就准备好选择有趣的法兰克福废话，似乎也很喜欢开怀畅饮这种著名的苹果酒。他来信了，我没有回复。他非常幼稚地写道："昨天我们庆祝了很长时间。"我猜想他并非仅仅是庆祝了很长时间。

我一定是睡着了。即便在梦里，可怕的回忆反反复复地出现。多年来，我一直从睡梦中惊醒，眼睛哭肿了，受伤害了，心烦意乱了。心里始终感到被遗弃了，我的自我价值观受到了深深伤害，这些伤害在下意识中依然令人心痛。和我相比，胡戈更喜欢我姐姐，几乎没有想过我如何能经受住这种分离。

费利克斯带着苏西和马克斯一起过来了。他们提着几束鲜花、圆形大蛋糕、香槟酒、葡萄酒、白酒、咖啡、矿泉水、攒奶油、半条熏鲑鱼以及许多其他东西。我的外孙将所有的一切收拾到冰箱里，苏西把鲜花插进花瓶（很遗憾那几束都是五颜六色的鲜花，没有昂贵的白色花朵），马克斯坐到我身旁。"施瓦布太太，您的后备部队其他人向您问候，这是我们的小礼物，庆祝装修成功。"

得体的是，他没有提及胡戈的名字，但我绝对相信费利克斯说出了相应的话。我拿来钱包，说我绝不能接受这些礼物——忍饥挨饿中的大学生不能开销如此之多。

马克斯觉得感情受了伤害，我只好重新把钱包放回去。

费利克斯从厨房出来，打开一瓶香槟酒，我觉得早了一天。苏西拿来杯子，他们想要和我干杯。

我找了好久，才在一个抽屉里找到了我的银质香槟搅棒。他们不知道这种东西，当我说到我在接受邀请时总是在手提包里带上我的微型搅棒，好给香槟使劲搅拌，排除出泡沫中最后的气泡时，他们不禁发笑了。

"为什么？"她吃惊地问。

我解释说："这样就不会打嗝了。这对一个女士来说不合适。"

"好棒。"姑娘说。

他们走的时候，我听到费利克斯对他的朋友们说："她什么都不缺，期待中的快乐对她简直太多了。"哦孩子们，折磨我的不仅是快乐。

我试图和海德玛丽介绍相识。我的儿子乌尔里希，当时开车送我参加伊达的葬礼，他曾恶毒地提及海德玛丽有着"欧洲最长的胸脯"。现在事情也快过去十年了，海德玛丽不太可能会变得更漂亮。我依稀记得她早就不做裁缝的活儿了，而是让人安排了一个奇怪的职业：脚部反射区治疗师。后来她结婚了，其实我们大家都对此感到很惊讶。她的丈夫来自沿海地区，是个海运公司商务人员，听起来不错。可是另一方面，一个酗酒的、失业的海运公司商务人员，就不是什么好角色了。他们既不幸福，也没有生养孩子。她的汉堡丈夫却是过世得相当早。海德玛丽离开了北方，重新搬到父母身边。此外，我想起她从小对甲虫有一种病态的恐惧，胡戈一再使她免遭七星瓢虫、马铃薯瓢虫以及金龟子的侵扰。她的恐怖症达到了可怕的程度，胡戈的第一辆大众甲壳虫就因为她而不得不重新卖掉。

胡尔达责骂道："你把你的外甥女说得一无是处，我不相信你的话。"

当然她说得对，事实上我把全部尖酸刻薄的话放在海德玛丽身上，也有失我的身份。但现在的情况就是这样，她的生活从一开始就不合我的心意。她也有好的一面：她总是对自己的父母关怀备至，我自己的孩子比不上她。她和胡戈一起到那不勒斯伊斯基亚岛和哥本哈根去，只是因为他希望去那儿。"那是因为他付过钱了。"我轻声低语地补充道。

胡戈是否给我带来了鲜花呢？他还一直拥有一头浓发吗？他的父亲有一把铅梳子，据说他可以用这把梳子把白发从一缕缕头发中梳理出来。哦对呀，胡戈同样虚荣心十足，我差点儿把这一点忘记了。不过他把握得非常得法，因为他总是做出一副外表对他无足轻重的样子。他对文学的喜爱，并不仅限于图书，而是意味着完全普遍的活生生的艺术、美学。一想到这些，我就感到灰心丧气。我也曾经漂亮过，他会对如今的干瘪老太婆说什么呢？

第十章

　　米勒多年前曾经跟我说起过，胡戈作为老派绅士为"合适的外遇"辩护。花心的阿尔伯特·爱因斯坦是他伟大的榜样，人们也可以将后者称为"相对丈夫"。胡戈一生中有过大量的绯闻，家里人从未听说过这类事。并非伊达一无所知，可她总是逆来顺受，装聋作哑。然而她又能做什么呢？她在轮椅上度过了最后二十年的时光。我很少看望她，大多在爱丽丝作陪的时候。胡戈一直给自己安排数不清的工作。两人的婚姻坚持至伊达去世，因为我的姐姐始终保持镇静。她虽然重病在身，也因此很苦恼，但对胡戈既没有敲诈勒索，也没有虐待折磨。

　　就在我第三次怀孕时，一种突如其来的激情满怀的自豪感阻止我向胡戈说出真相。不错，那个盲人之后也来了。

　　"谁来了？"老姑娘胡尔达问。

　　一个战争中的失明者。那是在一九四七年。我在信箱里发现一封信，这封信写着我去世的丈夫的姓名、地址。难道我应该不拆封就退回原址吗？好奇心赢了。一个孩子的笔迹：

　　亲爱的贝恩哈德：

　　　　这封信是我向我的一个侄子口授的。他们把我释放了，

因为一次受伤我失去了视力。我希望你在这段时间里已经
约好了疗养院，以便治愈你的痼病。下周我得上达姆施塔
特的一家医院，趁此机会过来看望你。嗨，老弟，我们在
俄国经历的一切，谁也不会相信的。如果可以，请在周二
下午两点半到车站接我。

你的安东

　　我的上帝，这真恐怖。我立刻给这个人写信，说贝恩哈德已经
阵亡，你们永远无法看望他了。

　　为何我会想起——就在胡戈来访前不久——这个盲人安东呢？
因为我刚刚把这些大学生带给我的夹心巧克力糖装进黄铜盒子里。一
个多么漂亮的盒子！它和我房子里的某些物品一样属于我，这些物品
是人们出于良好的愿望赠送给我的。

　　一个椭圆形的模型，后来焊接上去的盖子上有一个不合适的把
手，一个小巧玲珑的钥匙孔——钥匙早就丢失了——尤其是青春艺术
风格的装饰流派使我的小盒子显得很突出。或许它是特意用来放糖
的，人们不得不把它锁起来为了不让爱吃甜食的孩子碰到。一种充满
想象力的植物的弧形卷须被互相交错的带子缠绕，并且以精美的方式
装饰着这只小盒子；以前，它像纯金一样熠熠闪光，现在，尤其是下部，
变成了一个毫无光泽的锌盒。安东将亡母的那个盒子交给我时，盒子
里装满了芳香四溢的玫瑰花瓣，因为他当时是买不起夹心巧克力糖的。

　　自从回复他的信件之后，我没有期待再从他那里得到任何消息。
可是就在上面提及的周二，一辆出租车停在我家房子前——引发了小
小的轰动——一名撑着盲人手杖、戴着黑色眼镜的男子，由司机陪伴
着来到门口。司机等到我开门后才悄然离去。我的孩子们尾随汽车远

去，我先是急匆匆地走到厕所呕吐起来。我的第三次怀孕对我的身体无益。

安东是六周前从俄国回来的，稍稍换了模样，穿着干净的衣服，刮了胡子，人们绝不可能将他和在每一个可怕的夜里骚扰我的凶神恶煞相提并论。当然他很消瘦，人也疲惫不堪，但是尽管他的眼盲或者恰恰因为他的眼盲却并非对未来没有充满幻想。

他不明白贝恩哈德为何从未到过我这里。他说他们按照规定把他释放了，我应该立即探寻他的下落。另外，他大概知道我的丈夫病情有多严重，叫我不应该抱有不切实际的希望。他说，有可能贝恩哈德在路途中死亡，他先把不幸说了出来。安东就是人们说的莱茵乐天派。后来我获悉，令他感到遗憾的是，在他的家乡，人们偶尔将他称为图内斯[1]。他想在达姆施塔特改行成按摩师，因为这是为数不多的适合他的职业之一。他原本就是专业出身的瓷砖壁炉建筑师。

安东在我们这里感觉很好，他对孩子们也很友好，他们总是很高兴有一个男性出现在他们身边。

"再见，下回见。"他在告别时不假思索地说，仿佛他现在希望经常到我们家里做客一样。

也许，当胡戈在一次未作预先告知的来访时碰见一个作为二房客居住在我家里的男人，这大大地出乎他的意料。胡戈没有待上很久，他察觉到了所有的一切，只是对我的怀孕却依然一无所知。或许他以为现在又找到我懒于写信的理由了。令我心满意足的是，他受到了深深的伤害。也许出于幼稚可笑的固执己见，我过快地答应租借给安东一间婴儿室，因为我可能急需一笔小的资金接济。于是他也过快地上了我的床，用他触摸的双手猜出了我的秘密。

"是谁的孩子，亲爱的？"他毫无成见地问。我杜撰了驻防部队

---

1 莱茵人对安东的称呼。

的一个士兵，说了一个大众化的名字约翰·布朗。"棕色人种还是黑人？"他又问。因为我保证这是一个白种孩子，他彬彬有礼地向我求婚，如果我真的是一个寡妇的话。作为高贵的乖女儿，我请求他给我时间考虑。两周后，我婉言谢绝，因为我不想用我稳定可靠的养老金换取一个毫无把握的按摩工的工资。安东本来很想帮我，可这些实际存在的理由使他明白了。"嗯，那就为一个良好的非法同居[1]祝福吧！"他说道，"这不是一个天使婚姻！"

你得知道，胡尔达，这样的非法同居在战后非常流行。许多军人寡妇不想失去自己少得可怜的养老金，于是那些孩子干脆对家里新的男人称呼"叔叔"而不是"爸爸"。民众可以友好地容忍这种状况。

一九四七年，战后我第一次重新走进电影院，一只手里牵着两个孩子，另一只手里牵着一个盲人，看了一部由汉斯·阿尔贝斯[2]主演的新电影。和我的弟弟阿尔贝特一样，安东在入伍前同样对电影充满激情，因此尽管他只是还能听到声音，但还是作为忠诚的叔叔陪我一起观看。夜晚，他喜欢听收音机，或者听人朗读。可我知道他在文学方面永远无法和胡戈媲美。安东不喜欢谈论战争和战俘，然而那些强加于士兵的野蛮残忍和惨无人道即便在睡梦中也无法使他平静。有时候，他做的噩梦可怕至极，我不得不把他叫醒。他失明的眼睛在哭泣。唯有一次，他在半夜里提及，他在漫长的反饥饿示威游行中不得不枪杀过俄国战俘。他从未抱怨自己的命运，而是认为这是公正的惩罚。

---

1 这里的"非法同居"是指为了不失去寡妇救济金，寡妇与人非法同居。后面提及的"非法同居"均为此意。

2 汉斯·阿尔贝斯（Hans Philipp August Albers，1891—1960），德国演员和歌手，以"金发汉斯"成为全民偶像。

安东和我一起看医生，证实我已怀孕，并且关心我应当得到的食品配给票中的特种配给量。我或许根本什么都不用担心了。我的肚子明显大起来的时候，他自豪地作为准爸爸出现。正如我后来获悉的，他在做俘虏时因为一次感染而不再具有生育能力。这不只是舍己为人，逼迫他承担为父的角色，他简直乐意做爸爸。我的上帝，安东是一个好人，假若没有该死的战争，作为能工巧匠，他一定可以成为一个大家庭里的家长。

胡尔达竖起耳朵在听。"你过分夸奖你的图内斯，"她说，"看来是你该死的良心不安呀。"

不错，这是真的。我是喜欢上安东了，十足地。可我毕竟为他做饭洗衣，上午送他上医院，不管去哪儿都把他带上。可是他——他真心爱上了我：当蕾吉娜出生时，他作为非婚生父亲登记在册。他当然知道，他签署上这份文件之后就有义务承担多年费用了。

我对费利克斯在学校里上的德国当代史依然记忆犹新。"外婆，这是你的时代，"他说，"那你肯定要比我的老师更了解。"他基本上说得对，可我忘记了政治数据，甚至排除了遭遇的饥饿和战后时代的痛苦，黑市、纽伦堡审判、清除废墟的女工、拆除重要的工业企业、每天抵达车站的逃亡者及战俘。我永远忘不了的是我的屈辱、悲伤和绝望的感觉。我敢说，遭遇的爱被出卖的痛苦，要比鼠疫、战争和饥荒更糟糕。而我的不幸甚至仍在继续：要是胡戈当时死去，我恐怕要比他在法兰克福过得相当不错的事实更能忍受。他为自己的职业生活，他在一次《大门之外》[1]的业余演出中扮演了贝克曼一角，他认识了著名的出版商和作者。几年后，他参加了德国书业和平奖的授奖，是战后第一次书展的共同组织者，对价廉物美的新袖珍书很有自

---

1 《大门之外》系德国作家沃尔夫冈·博歇尔特（Wolfgang Borchert, 1921—1947）的著名话剧作品。

己的想法。不过解决住房的事并不是那么快，胡戈依然在比较长的时间里过着单身汉的那种无拘无束的生活。他若不是在我家里遇见安东的话，我和我姐就要在周末的时间里被人看笑话了。

我的小女儿蕾吉娜是个早产儿，成了问题婴儿。当我终于从医院里把她接回家时，安睡的时光一去不复返了。每隔两小时，我得给她喂奶，因为她每次只能吃上一点点。我的头发脱落，指甲断裂，皮肤皲裂，肚子不想恢复回去。我当时开始为一家公司用打字机打地址，这份工作我可以在家里做。要是孩子们上学去了，我就坐在洗涤槽和牛奶瓶之间，在打字机旁的婴儿床和锅子之间。只要装满信封的手推车准备好了，我就要和作为车夫的安东上路了。乌尔里希和维罗妮卡装作慢腾腾走路的样子，小蕾吉娜被安顿在最上面。估计我们看起来像是流浪汉，但和旧童车及马车、自行车挂车及手推车一起外出，在当时是很寻常的事。贫困和褴褛衣衫在社会生活中扮演着次要的角色，因为左邻右舍也没有更多更好的东西。

我好歹得向家人报告女儿出生的消息。爱丽丝从一开始就知道真相，她确实也是唯一我曾经向其透露蕾吉娜生父的人。范妮感到害怕，可作为真正的基督徒她只好表示很抱歉，莫妮卡则对此无所谓。伊达已从胡戈那里获悉有一个男人住在我家里，她恐怕感觉自己松了口气。问题出在母亲身上。她那代人不懂得非法同居，有了非婚生子是一件丢脸的事。我猜想或许她最想看我投河自尽了。于是我给爱丽丝安排了任务，让她把消息婉转地告诉母亲。

我不得不重新认识到我把母亲看错了。她写了一封几乎很友好的信，宣布她要来看望我。她会如何看待安东呢？就我的父亲而言，他是欢迎手艺人的，而母亲究竟如何，我就不得而知了。

我们到车站去接她。这只"田鼠"带来了好多瓶果酱，还扛着很多重物。另外，她背着一只来自胡戈护林员时代的背包。背包里放着熏板肉、鸡蛋、苹果、炖鲜猪肉。安东将所有的一切装进我们的手推车里，我们和孩子们一起重新朝回家的方向徒步而行。我托我们的女邻居照料婴儿。如今的青年一代可能无法完成长途跋涉中的一小段，而我们当时带上小孩和货物每天都得走完全部旅程。

维罗妮卡和乌尔里希从邻居院子里拿来童车，安东小心翼翼地举起孩子，把她交给外婆。"露伦丝，"他自豪地说，"我们的小潘茨！"我的母亲乐意证实她的外孙女长得酷似安东。从第一眼小蕾吉娜看起来就像胡戈的母亲，可除了我之外，还从来没有人想到这一点。

我真想把蕾吉娜出生后的那些年从我的记忆里一笔抹去，因为那些年被打上了巨大谎言的烙印。我扮演着幸福女人的角色。当我和安东躺在床上，我就想象他是胡戈。那段时间里，我越是拼命地想他，就越是心里明白，唯有胡戈才是真正适合我的人。我重新开始给他写信，而且是往他的书店地址写信。那不是情书——我们确实好久不再是情侣了——然而却是巧妙的尝试，字里行间在他心里唤起情欲的回忆。胡戈总是给我回信，让我分享他的职业生活，也给我推荐新书，可很遗憾的是，我对他的情爱生活一无所知。

一九五〇年，日子渐渐重新有了起色。一天，安东向我提出建议，可以在我的小房子里开设一家按摩院。首先我不必一直陪他去医院了，其次他通过私人病人可能挣钱多得多，因为那些大发战争横财者都有着鼓鼓囊囊的钱包。我觉得这个主意不错。此外，或许由于自己无畏而良好的意志，安东已经入乡随俗。在这里的房子里，他信心百倍地穿越在所有的房间里，唯有当孩子们没有清理掉自己的玩具，他因此被绊倒时，才偶尔出现争执声。安东可以擦干碗碟，把衣物折叠起来，他可以在床上铺上床单，甚至还能摆好餐具。他不仅可以做，也身体力行，做了一个男人当时不是理所当然该做的一切。他喜欢让乌尔里希带着他走街串巷，好去把美国佬有时仅仅抽了一半的"骆驼"牌香烟烟蒂弄到手。他把剩余的香烟卷成新的烟卷，午饭后津津有味地抽上一支。乌尔里希喜欢这样的探险，由于安东需要帮助，他将它视为一种冒险经历。这对他稍稍充实一下男性的开拓创新精神有好处。维罗妮卡的情况则不同，她拒绝了安东叔叔。也许是因为他行使着蕾吉娜父亲的职责，她几乎是充满着嫉妒。她常常有意识地伤害她的养父，因为她带着狂妄自大的态度提及自己"真正的爸爸"，可她却无法回想起他来。"我的父亲毕竟是老师，"她说，"他无所不知。"

安东到银行借了一笔小额贷款，好为临时的更衣室购买一张按摩长凳和一面屏风。我们申请了一部电话，客厅被粉刷成了白色，一份用于预约的日历编制好了——由我掌管——还买了一个新炉子。对今天的概念而言，这个很简陋，可我们觉得一切格外完美。投资是值得的，三个月之后那份预约的日历就满满的了。不仅有居住在附近的参加疾病保险的老弱病人一瘸一拐地过来了，也有小汽车停在了大门口。新近发迹的女士下了车，毫不拘束地脱下华服，让自己被按摩出一身香汗。她们坚信安东的手动疗法。"盲人"成了时髦。这似乎使胡戈觉得很好笑。他给我寄了一张丢勒明信片。明信片上写着"按摩的双手"。

我给病人打开门后，就退回至厨房。我在过道里登记新的预约，那里摆着一张小桌子，桌上有一部电话和本子。蕾吉娜三岁，一分钟都不能让她独自待着。她是一个不安生的孩子，很容易受伤害，很暴躁，但在某些历史性时刻也很快乐而迷人。安东非常喜欢她。每天晚上，她都会爬到我们床上，要求给她背部按摩。等到她入睡，我才能把她抱走。

安东对他的收入引以为豪，这些收入真的几乎是他以前工资的三倍。他的钱完全理所当然地流入共同的家庭账本上，我们可以买得起新鲜的水果和蔬菜，为乌尔里希买了一辆自行车，为维罗妮卡买了一架老旧的钢琴，为蕾吉娜买了一只沙箱。安东给自己买了一台新的收音机，它有一只所谓的有魔力的眼睛，孩子们在这间充满钦佩的半明半暗的房间里赞叹这台收音机。唯有当收音机调准到位，这只绿眼睛才发出圆形和美丽的光，否则它就会猫状地紧闭。

一九五一年，我四十岁，害怕这一日子的到来，想要对它不理不睬。我觉得这个整数就是妇女衰老的象征，这种年龄的女人不再具有魅力，不再叫人产生渴望，我如今无法理解这一点。在爱丽丝的丈夫格特拍摄的那张照片上，对着我看的是一位年轻丽人。由于当时的彩照还很昂贵，很遗憾人们无法认出头发上的红点，那些头发松散地向上盘成有点怪异的发髻。一条英国"新风貌"品牌的时髦连衣裙——灰色的法兰绒，我至今还保存着——和可脱卸的薄纱宽腰带，黑色的长手套以及一根珍珠项链让我几乎以交际花的面目出现。安东满足了我的时髦的心愿，并没有预料到我原本只是打算用这种最新样式给胡戈留下深刻印象。

我忠诚的妹妹爱丽丝劝我放弃老年恐慌，组织了一个小型庆典。她新近结婚，莫妮卡也有了新男友，范妮有了神甫的狗。伊达当时的情况非常好，她和海德玛丽终于住在了法兰克福。我这里的小房子住不下了。胡戈经常看望我。当他看到安东毛茸茸的手指抚摸我的头时，但愿这会让他痛苦。我装作一个幸福的女人和母亲的样子，装扮我的孩子，调制好草莓波烈酒，施用魔法使西红柿变成蛤蟆菌，用鸡尾酒调酒棒舀乳酪吃。到了晚上，我们在《兴致勃勃》[1]的音乐声中翩翩起舞。幸运的是，我的母亲待在孙辈那里。否则她肯定会看到安

---

1 《兴致勃勃》（In the Mood）是美国的乐团领队格伦·米勒在 1939 年所作的，是当时大乐团时代最热的曲子。

东无意间踩到了范妮的狗，狗扑上来咬人。格特包扎上了绷带，起床时跌倒在莫妮卡的鞋子上。我们大家禁不住哈哈大笑。或许格特已经喝醉了，因为他是如此怒不可遏，以至要求爱丽丝离开。胡戈认为这太过分了，想要从中调解，却是挨了一记耳光作为酬报。伊达其间开始和莫妮卡的男友调情，以至于范妮因为世界的恶意而突然痛哭流涕。安东想给狗一个惩罚，用他的盲人手杖击打，可很遗憾击中了爱丽丝。到最后，当每个人都争吵起来的时候，我突然和胡戈站在厨房里，我们亲吻着，仿佛不得不为我们的余生投入储备。

第十一章

上楼到我先前的卧室，在防蛀箱里翻找东西，真是累人，但我需要给胡尔达找件衣服。我本来想到带尖领的淡黄色两件套装，可遗憾的是上面有着可怕的霉斑。难道我最好还是找出那套上面有杏色蝴蝶的三十年代翠绿色衣服吗？最精细的双绉。后来我还是给她挑选了一套灰色的法兰绒衣服，那是我在四十周岁生日时穿过的，胡戈也非常喜欢我的这身衣服。穿黑鞋虽然可能更合适，但出于敏感的原因，我还是给胡尔达穿上了父亲工场里制作的那双象牙色绑带鞋。

我还有足够的时间，我要心平气和地摆好咖啡桌子，到全部结束时再换上衣服。由于最近很容易弄脏自己的衣服，这件带小花朵图案的新连衣裙要到结束准备时才可以穿上。

"你看起来不错，胡尔达，"我说，"我本来还得给你戴上一条珍珠项链，可我无论如何找不到它了。我几乎觉得仿佛柯拉从我这里拐骗走了这条项链，这个臭女人。"我怎么这样提及我唯一的孙女——我应该为拥有她感到高兴才对。

可是难道胡戈会来得太早吗？我的脑海里闪过一个念头，要是我穿着绿色的运动服开门的话，那就尴尬了。或许我应该马上停止一切危险活动，以便可以提前一小时做好接待的准备。于是这件事就这样发生了。我找到了一条绣花桌布（本来还得熨烫一下，可爱情毕竟还没有到这种地步），三只迈森杯子和两只盘子，幸好还在，还能找到少数几个没被孙辈们弄走的银餐具。我用褪色的亚麻布条擦洗那些变得黑乎乎的餐具，我想购买银餐具洗涤剂已有多年。我叹息了一声借助于卫生纸和牙膏，我知道这是违抗明白无误的教训的一种罪恶。三把茶匙、三把蛋糕叉子、蛋糕铲、一把刀以及奶油勺，都被擦得很亮，其他东西应该让魔鬼拿来了。餐巾！我想起来。当年我也曾经用上过浆的锦缎而不是用三叶草餐巾纸擦嘴巴。

　　我重新想起了安东。"别那么激动，绿蒂。"当我在遇见喜庆的机会找出银器和水晶玻璃杯时，他习惯这么说道。对他而言，外表的东西起不到很大的作用，只要味道很棒他就心满意足了。是否买的那块圆形大蛋糕很好呢？作为像样的家庭主妇，她本来应该知道桌上放些什么。我小心翼翼地拿来菜刀，将蛋糕切成四大块。现在我可以留出一小块给自己享用，把所有的一切重新整齐地拼接起来。蛋糕的味道太棒了，我不得不一小块一小块地反复品尝。估计是我饿得慌，由于激动我有好几天几乎没吃什么东西。当那块大蛋糕只剩四分之三的时候，我稍感震惊。在一起聚餐时我可以保持节制，它无疑够了，胡戈并不是很喜欢蛋糕。

　　三点时，门铃响了，虽然我已经穿上了衣服，但既没穿鞋子，也没戴首饰。该死的,我也不再像以前那么敏捷了。我赤脚走到门口，然后我的眼前就发黑了。这个人恐怕不会是胡戈吧！遗憾的是，那些扫烟囱的工人也不再是以前的那种装扮，没有大礼帽作为识别的标记。他们做测量工作，递交一份包含不可理解的排放值的清单和一张昂贵的账单。但谁也不再爬上屋顶。偏偏就是今天！幸运的是，那个扫烟囱工没有我也找到了煤气灶火眼的路。

　　四点时，胡戈始终还没有到。我脱下鞋子——如果一个人已习惯于体操鞋，他就无法长时间忍受高跟鞋。我也最愿意摘下那条长的琥珀项链，因为我的心思必然一直停留在门把手上。

　　他们五点才过来。门铃响时，我已经疲惫不堪了。一个丑陋的女人和一个老朽的男人站在我面前。海德玛丽和我冷冰冰地握手，胡戈和我颤巍巍地拥抱。我请两位进来，我们坐在那张非常整洁的咖啡桌前。

　　"我们遇到了交通堵塞，"海德玛丽说，"因此迟到了。"

　　那就是说，这个胖女人一直还有驾照。"来杯咖啡还是茶？"我问。

　　"一杯啤酒。"胡戈说。海德玛丽说："我把行李箱放在宾馆里了，父亲无疑可以步行一小段路。如果他惹你生气了，你就打电话给我，这是我在慕尼黑的电话号码。但他大多时候很温和。"

　　她从手提包里拿出药物，是一周的定量。每天有一个塑料盒子，又被分成早上、中午、下午和晚上。每一个格层存放着不同的药丸，粉红色和绿色，黄色和白色。"很实用，是吗？我把盒子托付给你妥善保管。"

　　胡戈朝我偷偷地眨眨眼。我取来胡戈的啤酒、海德玛丽的甘菊茶、我的咖啡，我又吃了另外一块四分之一磅的蛋糕，而海德玛丽则是因为胆汁的缘故没去碰一下。不过她看起来不像是始终过着苦行僧的生活。

　　当银发飘飘的海德玛丽津津有味地品尝了七块夹心巧克力糖之后，我的内心才平静下来，可以打量起胡戈来。他一头白发，脸上长着几块老年斑，戴着一副牛角框眼镜，还戴着一只助听器。很明显，他人都已经萎缩了。他的女儿给他穿了一件很难看的粗格子图案的伐木工衬衫，他却是一如既往地戴着领结。因为他的左手缺了两根手指，他声称多年来没法系领带了。他看到了我忧郁的眼神。

　　"我的上帝，夏洛特，"胡戈说，"你还一直很漂亮。"

　　我的脸顿时绯红了。"你也一样！"我害羞地说，我们相视而笑。

"你的女儿非常关心你。"我带着克制的幸灾乐祸说道。

"她把我当作婴儿,"胡戈抱怨道,"可我觉察到新时代来临了。我几乎猜测到她恋爱了。"

我的嘴巴张得大大的。

"我在偶然之间看到了来自医院的一封信,"胡戈说,然后观察我的反应,"她想到慕尼黑整容。我要请教你,她都六十五了——否则又有什么隐情呢?她跟我说,她要去看一个女友。"

我们俩禁不住会心一笑。"或许我们也应该去整整容。"我提出建议。

胡戈摇摇头,他的目光落到胡尔达身上。"夏洛特,"他说,"你不会宁愿撮合我和这位迷人的女士发生关系吧?"

我倒是一直知道,人们不能把对妇女献殷勤的老人介绍给年轻的女友。由于太过激动,他的助听器还掉下来了。

"这是胡尔达,"我怒吼道,"这个名字告诉你什么了吗?"

胡戈想了想,可回想不起来了。"阿尔贝特的玩具娃娃叫这个名字,"我解释道,"我们小时候,父亲、母亲和孩子都和她玩过。"

提及"阿尔贝特"时,胡戈开始沉思。"或许只要还有机会的话,我应该告诉你点什么,"他说,"另一方面,我已经向你的父亲保证过……"

我对此已经等待了多年。阿尔贝特自杀之痛虽然早就让步于忧郁的悲伤,可揭开这件戏剧性事件的欲望仍在。毕竟我心里对胡戈也有某种意图。

我的姐夫知道我有多么急于想知道这件事,然后支支吾吾了很久,为的是增加紧张气氛。无论如何他严守秘密整整六十年了。为了谨慎起见,我打开利口酒,拿来了杯子,很遗憾我有好久没有擦洗过那些杯子了。巨大的忏悔因此推迟了好几分钟。

"正如你知道的那样,我、你的父亲以及恩斯特·路德维希爬到了阁楼上，把尸体抬下去。那两个人想随后洗手。我这时要脱下阿尔贝特的法兰绒衬裙和他身上的其他女性衣物。在他系上的紧身胸衣里藏着一封信，我毫不犹豫地立即打开看了。你父亲进来了，从我手里一把夺走了那封信，然后同样看上面的字。紧接着，他就把这封信扔进炉子里烧掉了，没给恩斯特·路德维希看一眼。我不得不发誓不向任何人泄露消息。我至今都遵守着自己的诺言。"我不知道是否应该为此感谢胡戈。"这封信是写给你的。"他说。过了那么多年，逐字逐句的内容他已经忘记了。

"脑子里完全没有印象了吗？"我不耐烦地问。

我愤怒的声音在逼迫胡戈："亲爱的夏洛特，别为我哭泣，就是这么说的——我相信——信的结尾。"

听到这些话，我开始痛哭流涕，我很久没有这么哭过了。胡戈用他三根手指的手抚摸我的后背，让我想起了安东的结缔组织按摩。我怒气冲冲地转过身去。

"如果你再这么激动，我就什么都不说了，"胡戈说，"我只是说过我不能逐字逐句背诵——可我当然记得大意。"

老年人就是如此：烦琐而拖沓，而不是马上言归正传。我照例是知道这一点的。好吧，我没有分发餐巾纸，我至少可以自己用于揩鼻涕。

过道里的电话响了。是海德玛丽从高速公路的一个服务中心打来的。她问是否她父亲服用了晚上的药物。我示意胡戈接电话，可他不愿意，用手轻拍他的耳朵。

"对，海德玛丽，都搞定了，你不用担心。"我撒谎道。可我还是尽心尽责地从盒子里取出药物，强迫胡戈服用。终于他重新切入正题。

在阿尔贝特的信里只有短短的一句诀别的话，就这点而言，他并没有带给我新的认识。显而易见的是，我的弟弟阿尔贝特太不知所措了，因此无法为自己的自杀说出一长段理由。可他暗示说现在父亲

终于可以对他满意了。胡戈在弟弟临终的床边还要求父亲对这一句话
做出解释。

　　和我一样，胡戈记忆犹新的是，所有的家庭成员——除了阿尔
贝特和父亲之外——在那个周日都在教堂里。爸爸终于承认，独自在
家的他，突然感觉有种愿望，想要和他最小的也是最艰难的儿子聊一
聊。他寻找阿尔贝特，叫他的名字，却找不到他。这绝对是不寻常的
事，父亲急急忙忙地在整个房子里寻找，最后爬到了阁楼上面。他在
那里看到阿尔贝特穿着女人的衣服站在镜子前摆着姿势，卖弄风情地
稍稍掀起裙子。他的儿子完全沉溺于这种古怪的游戏，根本没有听到
脚步声。他无法做出具有说服力的解释。父亲从他的胡言乱语中得知
他的儿子突然遭遇魔鬼附身。

　　或许阿尔贝特想解释自己受到一种不可理喻的强迫症驱使。可
父亲表现出固执而无助的难以理解，两个人不得不对彼此感到绝望。
"你不再是我的儿子，我的家里不再有你的位置。"父亲如是说。很遗
憾，阿尔贝特知道我们哥哥的武器放在了哪里。

　　可怕的是，我现在第二次失去了父亲。他对阿尔贝特的死亡负
有责任，他一定是听到了枪声，预料到出事了，可还是毫无怜悯之心
地耐心等待着随便哪一个家庭成员先找到死者。我的眼泪此刻连续不
断、忍不住地流淌着。这是我直至老了才发现的真相：我有多么把人
看错啊。

　　"没有任何一个人是真正的好人。"我啜泣着说，因为我已经对
此沉思了好久。仔细一看，所有我的朋友和熟人，我的父母、兄弟姐
妹、孩子和孙辈都有着不讨人喜欢的特性。（我本人当然也是。）我们
又怎么可能是另外一种样子呢？胡戈引用了奥斯卡·王尔德[1]的话：

---

1 奥斯卡·王尔德（Oscar Wilde，1854—1900），英国剧作家、诗人。

"没有一个人是坏人，没有一个人——我说——，我可以担保。"

无疑我们俩将我们的重聚想象成另外一种模样了。眼泪、啤酒、咖啡和利口酒哗哗地消耗掉。最后，我取来放在银色厚纸上的半条鲑鱼和两把叉子。其间，整洁的桌子看起来很凌乱，药丸和杯子，擤满了鼻涕的纸巾和油腻的盘子，以及那条粉红色的鱼都在桌上，我们在闻所未闻的贪婪发作之中没有面包就狼吞虎咽地把这条鱼吃下去了。

"如果我们继续这么干，明天就要生病了，"胡戈说，"那就很遗憾了。你陪我去宾馆吗？你回去的出租车费用我给你付账。"这是一个好主意，我们走出户外呼吸新鲜空气，生活没有我们也照样继续。

夜里我感觉不舒服，我吃的喝的蛋糕、利口酒、咖啡和熏鲑鱼，又很痛苦地统统吐了出来。老年人也会干下蠢事，这是真的。

次日早上，我很高兴胡戈在宾馆里用了早餐，我可以安安静静地清洗脏的碗碟。他从来不是一个勤劳的当家男人。

十一点，我们重新坐在了一起。"跟我说说你的孩子吧，"胡戈说，因为他知道我不会不愿意满足这一要求，"我亲爱的维罗妮卡在干什么？"于是他真的用沙哑的嗓音唱道："整个世界都像是中了邪！维罗妮卡，芦笋在生长！"胡戈住在我家那阵子，曾经教过我的小女儿学唱这首流行歌曲，似乎还含沙射影地盯着我看。现在他已经忘记了这种模棱两可的话。

照相册摆在那里。维罗妮卡早已结婚，现在和她的丈夫在加州居住了很长时间。三个外孙不会说德语。有一次提及说是想让他们在海德堡读大学，可这事没有成。胡戈钦佩美国的体坛名将，我对他们也非常陌生。在我还比较年轻的时候，我曾数度飞往洛杉矶。我的女婿在飞机制造企业担任设计师的工作，他名叫瓦尔特·M·泰勒，他们有三个儿子：迈克、约翰和本杰明。我稍稍感到不自在，因为他们的脑袋很小，头发剪得很短，胸部巨大。可是他的海德玛丽根本没有孩子。

"那个男孩叫什么？"胡戈问。他已经把蕾吉娜完全从他脑子里挤走了。

"这你不是知道吗，我的儿子叫乌尔里希，一直都叫这个名字。他是家里唯一在事业上有起色的人，他至少是汉学教授。"

"哦是呀，"胡戈咕哝道，"他就是有着中文怪癖的那个。他也有孩子了吧？"

现在轮到第二个相册了，我可以带着某种自豪向他展示弗里德里希和柯拉的照片了。

"她可是跟你长得一模一样呀，"胡戈说，然后怎么也看不够柯拉，"她结婚了吗？"

"丈夫去世，你想象一下，"我说，"不过这并非悲剧。一个腰缠万贯的老吝啬鬼，谁也没有为怀念他掉过一滴眼泪。柯拉是个有钱的姑娘。"

"对，你给我写过信，"说完他继续盯着我那个红头发的孙女看，"我很想认识认识她。"

我对他隐瞒了我对柯拉的所有担心。"她是画家。"我说道，知道柯拉对老蠢驴留下的印象要比那三个有肌肉的棒球运动员多上一百倍。"而且在意大利，在佛罗伦萨，"我补充道，"很遗憾我已经很久没有见到她了。"

"海德玛丽是个老实人。"胡戈也是为了利用某些事施加压力如是说。

我马上想起他吃的药物，于是从盒子里拣出药丸来。"你服用的这些玩意儿是治什么病的？"我问。

胡戈不得不沉思了一下："高血压不稳定，尿酸值高，老年抑郁症以及——嗯对——前列腺的问题。"

我已经想到这一点了。

胡戈寻找另外一个话题。"你偶尔还去看电影吗？"他问。

"你听力有问题，我视力有问题，"我说，"本来这已经是很久以前的事了……我们上一次是什么时候一起……"

胡戈在思考。"我的妈呀，"他高兴地说，"是那部《女罪人》！简直棒极了！海蒂嘉德·纳福[1]赤身裸体——上帝，当时的人是多么激动。这大概在什么时候？"

我知道得一清二楚，那是在我四十岁生日前不久，当时我开始和胡戈幽会。当然，后来的几年里，我们还常常一起上电影院去，可是很典型的是，他仅仅想到了裸体的海蒂嘉德。

他突然想到要参观一下房间。我们慢条斯理地站起来。可胡戈并不是要去顶楼，而是径直向地下室走去。

我向他投去可疑的一瞥。

"没事，夏洛特，"他说，"我单独一个人也可以下去。"

可我不愿意。

几分钟后，我们站在贝恩哈德墓前。胡戈在围墙四周敲了敲。"结实的活儿，"他自豪地说，"这个手艺活人家应该从我这里学学。"

我尽可能避免到这个阴森森的地方，可我忽然禁不住咯咯笑起来。"他其实无法抱怨，"我说，"他一直离我非常近。"

我们第一次可以无拘无束地谈论这个军人墓地。胡戈也检查了新的煤气取暖装置，耐心地倾听我当年进行内部整修时内心有多颤抖。"楼上恐怕不再有人居住了吧？"他问道，然后做出像是要立即搬去那里居住的样子。

我们有点上气不接下气地重新坐到桌前，电话响了。又是海德

---

1 海蒂嘉德·纳福（Hildegard Knef，1925—2002），德国女演员、歌手和作家。

玛丽打来的。"我想和你进行女人之间的谈话。"她说。我马上停止了环形防御阵型，因为这意味着并没有什么好事。"父亲能一起听吗？"

首先他不能，其次他不想。可我顺从地将电话拿到过道里接听，胡戈以为这是我孩子的一个电话。

"我计划做一个缩胸整容手术，"我的外甥女说，"绝非出于虚荣心，而是因为我遭受背痛的折磨。他们今天在预先检查时发现了一个结节。我要是倒霉的话——不过这要在做切片时才能发现——，他们得给我做切除手术，这样的话我就无法那么快地……"她起初过分镇定和理智，此刻却声泪俱下起来。"当然我不能指望你照顾爸爸那么长时间，你真的差不多和他一样老了。或许乌尔里希可以为我的父亲寻找一个临时的护理场所……"

我请她放下心来。暂时一切都没有问题，我和胡戈有许多话要说，去宾馆也很快，我们今天还要一起在那里吃饭。海德玛丽平静下来了。可是我能向胡戈隐瞒这一切吗？嗯，至少我要等到癌症的怀疑或者没有癌症得到证实吧。

胡戈没有问谁打来的电话。他想起一件事："我常常想到阿尔贝特，他或许根本不是同性恋……"

这段时间我也想起了这个问题。"变性癖。"我说。

"不，"胡戈说，"他是异装癖。我看过一篇文章，说几乎每五个男人中就有一个偶尔有兴趣穿着女装尽情享受他神秘的女性的一面。在美国，这些人每年聚会一次，发泄自己的情感，然后重新回到妻子和孩子那里。"

每五个男人中就有一个？那我一定认识很多这样的人。我要好好想一想，在脑子里把他们一个个过一遍。

"伊达想何时过来接我？"胡戈问。他当然指的是海德玛丽，可我也偶尔搞错名字，或者我根本想不起来那些名字。现在我不得不向他坦白说，海德玛丽可能要推迟过来接他，具体时间尚无法确定。

　　胡戈对赢得这段宽限时间感到兴高采烈，这一点让我感动。奇怪的是，他并没有询问理由。

第十二章

我和胡戈决定今天中午只吃一个番茄面包，晚上去宾馆享受一些美味。当然这有点成问题，因为从八点开始，我其实就不吃不喝任何东西了。

我们吃完点心，胡戈躺在长沙发上，转眼进入了梦乡。这本来是我午休的地方，不过他真的不可能知道这一点。我坐在他旁边，近距离观察他半张开的嘴巴：上腭假牙，下腭处有一个由填料、齿冠、桩冠牙以及齿桥组成的权宜之计。我还是很熟悉这方面的知识，毕竟我在相当长的时间里作为牙医助手赚过外快。在他吸气的时候，我可以听得到他的鼾声；在他呼气的时候，我可以听得到他的啸叫声。他还一直戴着婚戒。他双手攥着报纸，可并没有翻开看，而只是为了打掩护。我想要拔下他的小胡子，然后打开衬衫最上面的纽扣，可或许就会吵醒他了。

我们曾经有过那样的时代，利用着分分秒秒，好在悄悄地相聚时做爱。这已是很久远的事了。

在我四十周岁生日之际，在我们偷偷接吻之后，我们的心中充满着对亲密接触的热切渴望。而且我们也发现了一种机会：我的女性朋友米勒搬到了法兰克福，她的丈夫在那里的内政局里找到了一份工作。她邀请我们参观她的新居，可安东不想一起过去。他讨厌乘坐火车旅行，他可以和孩子们待在家里。当我向米勒坦白我的爱情问题时，她证明自己是完美的拉皮条者。她向我提议每月一次上她家里和胡戈幽会。须是在工作日里，她丈夫施比尔维斯待在办公室里，而且须在午间，胡戈正好有空休息。米勒自己在一家保险公司上半日班，当家里人都不在时，她才回来。把乌尔里希、维罗妮卡，尤其是小蕾吉娜托付给安东照料，我从未觉得容易，始终感到内疚，设想家里会发生怎样可怕的事故。可一开始一切很顺利，因为我的"咖啡小聚会"，安东每四周抽出一个下午休假，照看孩子。

回想那段时光，我都快要脸红了。偷偷地，就像在旅馆的钟点房里一样，我们不得不匆匆忙忙地在一间寒冷的陌生卧室里脱下衣服，利用着短暂的时光。这就好比我们精神上的亲近如同衣服被脱下，然后只还在零星的信件里继续活着一样，而精神上的亲近可是我们关系中的重要组成部分。今天，人们可能会说，我们当时是疯了。我再也没有像当时那样如此享受着性爱，我们的友情再也没有被如此降低至我们的肉体上，我和胡戈再也没有如此之少地彼此交谈。禁忌的话题是有的，我们反正没有谈起过：贝恩哈德之死，伊达的疾病，我的非法同居，我的第三个孩子，我们相互之间的伤害。偷欢之后我们离开米勒的居所，胡戈急匆匆地回到他的店里，我则去车站。

胡戈和伊达时不时地过来看望我们，我们去玛蒂尔德高地下面的悬铃木小树林或者到大池塘那里散步，要么大家一起看电影。出于敏感的原因，伊达和她的女儿看了三次《绿色原野》，可她无法让胡戈感到温暖。他喜欢意大利和法国的电影。可能那次事发是在看法国电影《郁金香芳芳》时，胡戈抓住我的右手，安东抓住我的左手，他们无意间碰到彼此了。不过多数情况下这是不可能的，因为是伊达确定了座位。安东可能也感觉到了我们之间的情色气氛，他可以沉默不言。

爱丽丝警告过我。除了米勒之外，她曾经是并且始终是我最亲密的知己。一九五一年，我最小的妹妹怀孕了，无比幸福。她虽然还没有完成大学学业，但无疑一定能够达到目的——通过考试，完成生子。她的健康状况使她明显对所有的侄子侄女外甥外甥女的安康很敏感，尤其是对我的四岁的蕾吉娜的安康。"她属于过分活跃的孩子，"她跟我解释道，"这对你无疑是一个巨大的负担。可我觉得，如果一个盲人必须留心这样一个黄鼠狼的话，那是不负责任的。"但爱丽丝只是做到了这一点，在我偷偷与人幽会时，我的良心表现得更加强烈，有时我几乎都失去了兴趣。

有一天，我们——我和胡戈——在床上被米勒的丈夫施比尔维斯抓了个现行。在此之前，他还从未遇到过如此剧烈的过敏性喷嚏发作，以至他的上司不得不打发他回家去。出于一种责任意识，他照例宁愿把喷嚏喷到整个部门的人身上，而不是自愿让位。米勒始终向我们保证说，我们应该信赖她丈夫的工作热情，完全可以绝对放心我们永远不会再遇见他。

更为尴尬的则是，这位打喷嚏的丈夫携带着自己的公文包进入卧室，根本没有注意到我们，由于他的横膈膜发出振动，他只能艰难地脱下裤子。我把被子盖在头上装死。胡戈想要知道的是，遇到这样的情况一个温文尔雅的人如何为自己辩护。

胡戈先是清了清嗓子，这个过敏的人陷入了惊慌失措之中，要死要活地大喊救命。他停止了打喷嚏。

"麻烦您把我的衬衫递给我，"胡戈彬彬有礼地说，"在五斗橱后面。"

施比尔维斯听从了他的求救，不过也找到了我的衬裙，他原以为是胡戈和米勒鬼混。"我的老天！"他嚷道——而且，如果我没有搞错，甚至还说了声："不幸！"

他在衣橱里绝望地寻找着他的武器。我知道米勒已经把手枪换成食品了，于是我试图使他平静下来："我很遗憾，施比尔维斯，米勒给过我一把钥匙，好让我一旦遇到下雨天，就可以拿上一把雨伞！只是因为这个缘故我才过来的。顺便说一句，我能跟你认识一下吗？"

先生们彼此握手，被迫说了声"幸会"或者"哦幸会"。胡戈将我的衣服飞快地塞进被子里，以便我可以隐蔽地穿上自己的衣服。施比尔维斯心情很轻松，既没有发现他的女人，也没有发现入室盗窃贼，而只是发现了通奸者，于是打开了一瓶白酒。令米勒非常惊讶的是，她发现我们全都酩酊大醉地坐在长沙发上。我们告别时，施比尔维斯喃喃道："我在胡说八道什么呀！你们好好替我想想吧，下次铺上干净的被单！"

胡戈是否记得这事？我们后来还常常在哈哈大笑之中引用瘦骨伶仃的施比尔维斯的话。不过我不打算提及米勒的名字。

当海德玛丽搬走，在汉堡的一家男服裁缝那里工作时，我的母亲考虑了好久，是否应该搬到法兰克福伊达家里去。她最后决定不去农村生活，而是选择到患病的女儿那里。我的嫂子莫妮卡想再婚，对象是一个特别安静而无聊的东部难民。或许母亲不想监督年轻的幸福，却想对我指手画脚。她喜欢安东，可马上认识到他完全对我亦步亦趋。自从母亲居住在法兰克福以来，她至少每周过来一次。她当然很想回到故乡，可她回避着那个被炸毁了的城市中心，因为我们的房子和鞋店曾经就坐落在那里。

伊达的疾病是阵发性的，有时她在相当长的时间里很健康。胡戈好不容易拥有一家自己的书店，钱也赚得多了，她就开始挥霍他的钱去购买昂贵的衣服。我从母亲那里获悉这一消息，胡戈习惯从不谈论自己的婚姻问题。

此外，由于害羞，我们反正再也没有在米勒家见面。不过新的规则也并非无懈可击：胡戈在午间休息时把他的学徒打发走，关上商店，和我一起前往他的办公室，那里没有床，只有一张磨破了的长沙发，沙发上面铺着掉毛的兔皮套子。

某一天，我一如往常急如星火地从车站回来，远远看到有一群人聚集在我家门前。维罗妮卡号啕大哭地奔到我跟前，可我不明白她在说什么。直至我们走到大门口，我才从女邻居那里获悉究竟出什么事了：乌尔里希和小朋友的车队在马路上来回骑车，维罗妮卡坐在后座上。安东手里牵着蕾吉娜，站在屋前小花园里，让小女孩挥舞着小红旗。由于他的听觉灵敏，他远远地听到一辆卡车临近，大喊孩子们在马路边上躲避。乌尔里希约莫十二岁，像多数情况一样表现得很理智。当他在对面停住，让维罗妮卡从后座上滑下，蕾吉娜冷不防挣脱开，奔向姐姐那里。安东为了重新捉住孩子，本能地在她背后奔跑。当他被轧在卡车的轮子之下时，敏捷的蕾吉娜早已安然无恙地走到哥姐那里。我的孩子们受到了惊吓，安东被送往医院。

突然之间，胡戈鼾声越来越大，随后就醒了。他那双忧伤的眼睛惊恐万状地盯着我看，由于白内障初期而越发显得神秘莫测。"抱歉，我一定是睡着了！我刚刚梦见伊达了。"

我的上帝，胡戈，你以前更敏感。我彬彬有礼地问："那至少是一个美梦吧？"

胡戈无法复述具体细节。他坐起来，揉了揉眼睛。"在梦里，伊达对我很生气，我自然不知道是为什么。可是，当她在我们的房子里遇见那个陌生女人时，和从前一样可怕，你记得吗？"

我假装没有印象了，只是注意到，看样子每个人都有自己的记忆。

胡戈于是谈起一件事，伊达有一天从理发店回来，在客厅里遇见一个不认识的年轻女子。作为对伊达提出的激动的问题的回答，那个陌生女人声称："你的丈夫没有和你说过他马上要离婚了吗？我做他的情人很久了，马上就要搬到这里来了。"虽然伊达的心脏在短时间内停止了运转，但她的嘴巴并没有失去功能，她在恶语相加之中把那个女人赶了出去。当这件可怕的事情过去之后，她的癔病发作了。

茫然不知所措的胡戈收获了投掷物的礼待——他父母的那只艾米尔·盖勒[1]设计的花瓶，因为即便在怒火万丈之中她也从不碰一下自己的嫁妆。等到我的姐姐稍稍平静下来，胡戈请她描述他那个所谓的情人。他对这个情人以前是现在依然是完全陌生的。时隔很久，他们才想起寻找伊达的首饰盒。胡戈的书桌抽屉里也少了一只装有现金的信封。"一个机智果断的女窃贼。"胡戈结束了他的故事。

"现在几点了？"他问道，对他流畅自如地说出来的轶事感到很开心。三点，我们俩都忘记吃药了。顺便说一下，海德玛丽承担的义务很少合我的意。实际上胡戈应该为自己的健康承担责任。"哦，夏洛特，你始终还是那么严厉，"他说，"对你而言只有是或不，好或坏，总是或者绝不，我们应该稍稍互相支持一下，一个人或许可以做这个，另一个做那个还要更好一些……"

"瞎子抱着瘸腿的。"我冷冷地说，因为我预料到谁拥有更舒适的角色。

"要是海德玛丽想在慕尼黑待得更久，"胡戈接着说，"那么我倒是可以睡在楼上的阁楼某个房间里。我无疑不想给你增加额外的工作。我们每天可以用省下的钱吃点好东西。"

明天我期待蕾吉娜和费利克斯过来，我已经非常正式地邀请过他们。他们肯定会一起出力，为胡戈准备好一个房间。可是他能爬上那陡峭的楼梯吗？

---

1 艾米尔·盖勒（Emile Gallé，1846—1904），新艺术运动的核心人物之一，致力于描绘玻璃艺术的自然之美与简洁，其设计被誉为"玻璃之诗"。

"你不喜欢住在宾馆里吗？"我问。

"不，没有问题，不过当然在你这里更舒服。另外，我们还可以一整天待在一起，这不是我们俩都希望的吗？我想我们有很多东西可以弥补。"

人们还可以弥补一些东西吗？我自问。我们是朋友，我们曾经爱过，我们写过信。自然我们始终又有漫长的中断时期。现在我们的爱走到了尽头。

"我曾经对你充满渴望。"胡戈说。我点点头，可我不敢坦白。春天来了，现在一切转变了吗？

胡戈制订计划："如果我们去达姆施塔特的话，我务必要对路德维希纪念碑说声'你好'，此外我们必须上墓地去。"

我们必须？没有习惯的午休，我突然感到疲惫不堪。胡戈的父母、我的父母、我们的兄弟姐妹以及年轻时候的绝大多数朋友已经躺在了森林墓地里。费利克斯肯定会驾车带我们过去。我们应该勾画一下我们自己的墓碑，或者最好勾画一下一小块未来吗？

"你会在我的墓碑上写上什么？"我问胡戈，然后期待会有一首浪漫的诗歌。

可是，胡戈谈及缪斯女神的支持者亨里埃特·卡洛琳娜。当这位侯爵夫人于一七七四年去世时，腓特烈二世[1]请人在她的墓碑上刻了以下碑文：

女儿身，男儿魂

---

1 腓特烈二世(Friedrich II.，或称 Friedrich der Grosse，1712—1786)，史称腓特烈大帝。自 1740 年起担任普鲁士国王，称自己为"国家的第一仆人"，是军事家、政治家、作家及作曲家。

是否这也适用于我呢？

虽然这位爱好文艺的普鲁士国王当时说这句话很可能是溢美之词，可我还是勃然大怒。

听到我的强烈的攻击是针对这个男人的骄傲自大时，胡戈讪笑了。

尽管我不饿，但我们六点整还是到宾馆去了，预订了菜单。芦笋汤，马德拉岛的猪舌，蜜桃梅尔巴。当然有一半剩下了，真是遗憾。我应该把剩下的肉打包给"我的狗"吗？胡戈无疑认为这个不文雅，他在法兰克福日子过得最好的时候，几乎就是一个花花公子，习惯在黑森饭店用餐。

明天我得精神十足，八点我预订了一辆出租车，然后回家。海德玛丽又打来电话，蕾吉娜和费利克斯要过来。不用说上一句话，也不必和胡尔达说话，这对我很有好处。她究竟在哪里？当我翻开被子时，发现她正舒适地躺在我的被窝里。胡戈在捉弄我。难道我应该觉得这个主意很有趣，很天真或者根本就是很昏聩吗？我决定不再考虑这件事。九点我躺在床上，我的脑海里想着各种各样的事，尤其是过去。

安东的事故结束了我在法兰克福的情爱之旅。安东的右小腿必须截去，他在医院里躺了好几个月。维罗妮卡指责她的妹妹（前者一辈子都在嫉妒后者）引发了这起可怕的事故。蕾吉娜又坚持说是她的姐姐维罗妮卡给了她过马路的信号。换言之，我的两个女儿互相指责，而真正的坏人则是她们的母亲。我受尽了折磨，开始将我的一部分罪责转嫁到胡戈头上。是否他曾经明白为何我当时在没有任何理由的情况下第二次不再和他来往，没有回答他十分关切的来信？

我曾经几乎轻轻松松地生活和恋爱过一段时间，现在，我开始了忏悔的岁月。安东缺少了收入来源。我很幸运，可以上午把蕾吉娜安顿在幼儿园里。所以我就可以按工时在一个牙医那里工作，他给我们家人看病已有多年。到了下午，我和所有孩子一起看望这个病人。他在任何时候既没有指责我，也没有指责他们，却是陷入了深深的抑郁之中，我将它视为严肃得多的谴责。他是否可以重新作为按摩师工作很成问题，他突然感觉自己——无用处。更要命的是那种截肢还在疼痛的幻觉，他不得不深受其扰。医生用药效很强的止痛药给安东治疗，确切地说，这种止痛药反而使他忧郁的心情更加恶劣了。

当爱丽丝的女儿受洗时，我拒绝担任教母承担监护责任，因为我感觉自己有失体面。然而，这孩子还是被取名为"康斯坦茨·弗朗茨斯卡·夏洛特"。我担心了多年，怕我的名字可能会给小孩带来不幸。

我难以入眠，明天的日子仿似一座大山那样横亘在我面前。胡戈说我们还得弥补很多东西，他说的究竟是什么意思呢？我务必问问他。

据我看，主要是轮到我摊牌了。蕾吉娜和费利克斯对他们面临的这一意外大事完全没有准备，胡戈同样也是。但愿上帝让我找到合适的语句。

海德玛丽也没有打来电话，这意味着她可能做了手术，还处在麻醉阶段。她将在没有乳房的情况下醒来，我的任务就是要将这一悲伤的消息转告给她的父亲。

我还剩下一些大学生大批量采购时留下的饭菜，其中四个人已经吃饱了吗？一块蛋糕还在，还有矿泉水和利口酒，夹心巧克力和乳酪也还有。没有完美的组合。或许我完全应该在宾馆里往一只狗袋子里装满煮好的猪舌头。就我对蕾吉娜的了解，她将带来一块有点烧焦的自烤的苹果蛋糕。我家里还有足够的咖啡吗？

我感到非常吃力，我又一次站起来，对着橱柜里望去。咖啡虽然有，可既没有牛奶，也没有奶油。于是，我并没有灭灯，而是写了一张购物清单。牛奶、面包、黄油、香槟、肝肠，当然还有我喜欢的鲜花，或许是白玫瑰。胡戈没有给我带来一束鲜花，那我真要夸夸那些年轻人了。

我们四个人明天都应该去森林墓地朝拜吗？家庭墓地难道是暴露真相的合适场所吗？难道这件事在那里太富有戏剧性了吗？我决定干脆静候事态的发展。如果一切都可以挺过，我就可以平平静静地躺在先祖们的脚下了。

第十三章

为四个人买东西，还是只为自己买东西，这是有区别的。我筋疲力尽地回家，将食品整理后放入冰箱，将鲜花插入花瓶，随后躺在我那张绿色安乐椅上。现在天还相当早，胡戈十二点前不会离开宾馆。他应该只是吃个丰盛的早餐吧，因为我不想为其他人做饭，就这么定了。

那束鲜花美艳极了。安东偶尔送我玫瑰花，他是因为玫瑰的芳香才喜欢玫瑰的。而胡戈则是送我书，这些书我到今天还保存着。可恰恰是这种稍纵即逝的东西才使玫瑰显得弥足珍贵。我摘出一朵花，放到鼻子底下闻。味道柔和，恐怕天堂也就是这样的味道吧。我没有找出雪白的那种，可那种苍白的嫩黄色挺符合我的心境。外部的花瓣旋转成柔和的尖角，内部的花瓣互相缠绕在一起越发紧密，直至结束于一个神秘莫测的中心，人们可能隐约意识到那里有一条珠子。

可现在要面对严肃的生活了：沐浴和洗头。胡戈拿走了一把大门钥匙，因此我不得不锁上浴室门，因为我觉得没有什么比他不小心冲进来然后难以分清从前美丽动人的夏洛特和现在灰色的湿抹布更为尴尬的了。在不借助外来帮助的情况下，我可以多久完成所有必不可少的卫生工作呢？比我年轻八岁的爱丽丝一定已经在寻找女修脚师了。我艰难地剪短我的指甲，不过可以独自一个人。要是让别人给你洗澡，那一定令人屈辱。可谁也无法回避自己的老弱病残。海德玛丽是否得给她的爸爸洗澡？

我的头发虽然刚剪过，可今天却不愿意很妥帖。难道我应该找出那个性能不错的旧卷发器吗？我当然找不到它了。情况总是这样：每当有客人来访，我总是感觉比平时更老，什么事都做不了。

他来得太早，我的头发还湿漉漉的，他站在毕加索的宣传画前。"好漂亮的画，我昨天已经欣赏过了！也许正因为如此我才做了一个疯狂的梦……"

"我喜欢杂技演员之家，"我说，"你在多年前给我寄了这幅海报。伊达在梦里使你变成了猴子还是蜗牛？"

两个都不是。令人着迷的是，胡戈梦见我了。"我们俩生活在歌德的园中小屋里，拥有两只猴子，一雌一雄。和我们住在一起的这两个家庭成员和毕加索的狒狒很相像，或许它们就是黑猩猩。它们穿着最美丽的衣服：那只雄的穿着毕德迈尔风格的黄色裤子和蓝色晨服，那只雌的却是穿着肥大的红色皱褶裙，戴着一顶绿色的蒂罗尔小帽。可是，一天早上，当我们进入猴子的房间，这一对至今一直循规蹈矩的夫妇一夜之间生了十二个孩子时，我们的恐惧得有多大。年轻的类人猿们合乎自然规律地不穿衣服，全身充满着热情洋溢的运动欲望。你根本无法想象攀爬、喧哗和尖叫，夏洛特……"

这是一个令人舒服的梦吗？

"几乎是，"胡戈说，"因为你安慰了我。最调皮捣蛋的猴子把我一九〇七年版的《布登勃洛克一家》[1]嚼烂了！我在梦里哭泣，这时你就温柔地拥抱我，于是一切，一切都很好。"

1《布登勃洛克一家》是德国著名作家托马斯·曼（Thomas Mann，1875—1955）的成名作和代表作，出版于1901年，作家也因该书于1929年荣获诺贝尔文学奖。

一个典型的胡戈做的梦，有着艾兴多尔夫[1]《一个饭桶的生涯》的漂亮结尾；只是人们永远不会确切知道，是否这是他杜撰而成的。尽管如此，我还是感到很有趣，胡戈张开双臂，而我逃避了。这很奇妙，可是工作不等人。

"以后吧，胡戈，"说完我不再靠近他，可我无法肯定是否我真的希望继续我们之间的关系，"我得摆好餐具。"

胡戈又完全忘记我有客人要来。"我的女儿和我的外孙。"我说。

胡戈轻声道："维罗妮卡，伦茨来了！"

不，维罗妮卡并没有特意从美国回来，是蕾吉娜。

"噢噢！"我看出他在思考。"我忘记是否她有一个男人，是否我知道他的名字……"

"他叫恩斯特·埃利亚斯，不过你不必再注意这个名字了，蕾吉娜已离异多年。顺便说一句，有人叫他炉管子。"

胡戈哈哈大笑，达姆施塔特人的老传统，就是给所有人取上一个绰号，这是他一直喜欢的。"她至少从炉管子那里得到钱吧？"

"她没有，但她的儿子有。蕾吉娜有工作，挣的钱够多了。"

这时，海德玛丽打来电话，告诉我坏消息。她不想和她的父亲说话，请我务必小心翼翼地转告他，她已经成功地进行了手术。胡戈立即说道："癌症吗？"当我点头然后给他分发药丸时，他陷入了闷闷不乐的沉默之中。

我可以理解他：想到自己的孩子可能死在他之前，这是所有做父母的都无法忍受的。

拥有大门钥匙的费利克斯突然站在房间的中央。蕾吉娜拖着健

---

1 约瑟夫·冯·艾兴多尔夫（Joseph von Eichendorff, 1788—1857），德国浪漫派时期重要的诗人和作家。《一个饭桶的生涯》为其代表作。

康凉鞋，拿着一块做得太扁平的乳酪糕点跟在后面。胡戈威武而生硬地一跃而起，他还是一个老派绅士。

"您好，胡戈姨夫。"蕾吉娜吼叫道。她因为职业的关系经常和残疾人打交道，偶尔同样给剩余的人类进行治疗。

"我可以介绍你认识一下你的父亲吗？"我犹豫着说出我的轰动新闻。遗憾的是，他们的反应没有我想象中强烈。

蕾吉娜和胡戈相互握手，什么都不明白。

"费利克斯，这是你的外公……"

男孩平时理解能力很强，可现在我发现他偷看母亲时充满着不舒服。所有的人都认为，我得了老年痴呆症。

我做了烦琐的解释之后，胡戈首先开窍了。"大人了。"他说，满面春风。

蕾吉娜在哭闹，费利克斯觉得自己是个多余的人。

或许一下子向所有的人解释清楚，这是不对的，我倒是宁愿把他们叫来单独教训一顿。

费利克斯从厨房里拿来咖啡壶，抚摩母亲的头发，把糕点切了，到处帮忙。

我胆怯地搂住哭泣的女儿。"可安东叔叔才是我的父亲呀，"她哽咽着说，"伊达阿姨当时还活着……"

现在胡戈感到不舒服了，他转身对着费利克斯。"我一直希望有个儿子。"他说。

"假如一切没错的话，"费利克斯小心翼翼地说，"那么我就是您的外孙。"

"千真万确，你就是我的外孙。"胡戈回答。

当蕾吉娜终于停止吼叫，那瓶香槟已经打开了。不过我没有碰这酒，因为在胡戈过来的时候我在不停地打嗝。就这一点而言，他的耳背很合我的意。至少他似乎很高兴，问及他女儿确切的出生日期，然后猜想我从他耳语的嘴唇和在桌上轻轻敲击的手指中推断出他在说什么。

"那么，孩子，"胡戈说，"你有姑娘了吗？"

费利克斯朝我眨眨眼，禁不住哈哈大笑起来。"不是问题。"他说。"她叫苏西。"我自豪地补充道。

胡戈感到有必要做一次家长式的演讲，而这次演讲在以下论断中达到高潮："在你这个年纪我已经是一家之主了！"然后他在意味深长的话语中结束了他的演讲："漫无节制有损健康。"

费利克斯知道有一种回答可以最终消除隔阂："骂驴最凶的，以前本身也是驴。"

蕾吉娜有时坦率到愚蠢，我完全不知道她的德性从谁那里来的。尽管我早已供认不讳，她还是又一次让我们证明胡戈欺骗了他的伊达，我欺骗了我的安东。恰恰是蕾吉娜自己遗弃了丈夫之后，她才急于扮演道学家的角色。为了不至于涕泗滂沱，我径直去了厨房。

当我重新进来的时候，胡戈和蕾吉娜异口同声地问："那为什么我们直至今天才获悉这所有的一切？"

因为我一开始太自豪，后来又太胆小了。

费利克斯感觉更灵敏。"我觉得最好外婆应该躺下休息一会儿，你们好好瞧一瞧她有多么筋疲力尽。"

大家全都盯着我看。

我摇摇头，我也会安然度过这一天。"说到外婆，"我说，"蕾吉娜，你睁开眼睛！"然后我翻开家庭相册。虽然有一点不舒服，因为我偏偏得取出伊达的大尺寸结婚照。很遗憾我没有胡戈父母在一起的其他照片。

他们感到很惊讶。我的女儿与她刚刚收获的祖母真的可以以假乱真了，照片上的祖母大约和蕾吉娜年龄相仿。

胡戈开始多愁善感起来。"我的小女儿！"他说，轻轻拍了拍蕾吉娜的肩膀，她常常用颤抖的手擦拭她的眼镜。

费利克斯承认苏西在等他。正因为如此他很关切地想打发我上床去。

"你尽管去就是，"蕾吉娜说，"不过把我的车留下。"

费利克斯依次拥抱每一个人，然后偷偷溜走了。他马上要兴高采烈地给他最亲爱的人儿描述家族的道德沦丧。

其实我很想把相册移到一边去，可胡戈不愿意把他的结婚照交出来。"你究竟为什么不在上面呀，夏洛特？"

"因为我病得很厉害。"我说道，然后把照片抢过来。

怀孕的伊达看上去令人陶醉，这一点必须承认。

蕾吉娜在浏览相册。"难，易，难，易。"她喃喃道。我们不明白她在说什么。她跟我们解释说，某些家庭成员长得像我那肥胖的父亲，其他人则是像我那苗条的母亲。

我觉得仿佛蕾吉娜是想要粗略展示她的专业知识。胡戈表现出深受感动的样子，可看到他的胖海德玛丽，他还是反应敏感。

"你和海德玛丽说过我有第二个女儿吗？"胡戈现在担心地问，"她很依恋伊达。或许现在不是合适的时候……"

我安慰他。很清楚，她必须受到临时保护。

可现在蕾吉娜开始说话了："乌尔里希知道这事吗？"

不，我马上就要示众了。蕾吉娜的眼睛在闪闪发光。我预料到她同样马上就要离开我们。她还得准备和海德堡的哥哥及洛杉矶的维罗妮卡打上一通长长的电话。我最好也将这件事亲自告知我的其他孩子。

蕾吉娜看出我意兴阑珊了。

"我开车送胡戈姨夫——或者说是父亲——到宾馆，和他吃点小东西，明天回来。谢天谢地今天才周六。"

终于，我把所有的一切都收拾干净并清洗完成，躺在床上，在万籁俱寂的夜里发现我的心从来没有如此怦怦直跳和忐忑不安过。在这深夜，胡戈也同样躺在宾馆床上难以入眠，蕾吉娜像个疯子一样在打电话，费利克斯则更为镇静自若地忍受这件事。至于现在某个安东叔叔或者新的胡戈叔叔成了他的外公，倒不会使他患上神经官能症。父母离异无疑对他伤害更深。

我所有的孩子都称呼安东为"叔叔"，即便将他视为生身父亲的蕾吉娜也是。我回想起安东出院后的那个困难时代。安东总是站着做按摩，因为装了假肢他不再够得着。他坐着时无力进行有效按摩和敲打。只有不多的几个忠诚的病人拜访他的诊所，他们对懒洋洋的抚摸和按摩表示满意。我不得不继续挣钱。

蕾吉娜八岁时，安东因肺炎去世。他的死对她打击很大，她开始受经常复发的小毛小病折磨，不能去上学了。就在当时，我应该有义务介绍这个容易生病的孩子和她真正的父亲相识，可是这会称胡戈的心吗？而且如果是这样，我又会多么伤我那有病的姐姐伊达的心，反正她注定不会有轻松的命运。

我自己的啰里吧嗦最让我恼火。无论如何我不应该向蕾吉娜透露，在她出生之后我还和胡戈保持恋爱关系。倘若我要她相信我对她那亲爱的安东叔叔保持忠诚的话，她就绝不会那么激动了。为何我会如此不假思索呢？

"反正一切无法改变，"胡尔达说，"最好还是睡会儿吧。明天又是新的一天。"

她说得对，可尽管如此，我的孩子们总是不断地跟踪至我睡觉为止，只是因为为犯罪感的缘故，大概任何一个母亲都不得不对此而烦恼。难道另外一个母亲会把所有的一切做得更好吗？维罗妮卡过早地离开了父母的家，乌尔里希是一个早熟的特立独行者，蕾吉娜是个多愁善感的女人，他们照例需要一个好父亲。

直至大约五点，我才睡着，现在已是十点，电话把我叫醒了。那个老先生没有什么特别的情况，一个忧心忡忡的声音说道，他让人转告一下，他还要在宾馆里待上一会儿。他的早餐自然还是一如既往地被送至房间了。他说我可用不着激动。

接下来打来电话的是乌尔里希。我很久都没有儿子的消息了。"我们稍后过来一趟。"

那就是还有其他人。"我们"是谁？

"只有我和伊芙琳，弗里德里希和柯拉在国外。年轻人羽毛丰满了，是吧？"

我的儿子和我的儿媳妇虽然住得离我不太远，但他们总是忙得不亦乐乎。蕾吉娜肯定狠狠地训斥过他们了。"乌尔里希，"我迟疑地说道，"你那个不知所措的妹妹昨天无疑让你惶恐不安了。你们不必特意过来，到目前为止我的生活还一直可以自理。"

他根本不参与讨论。"我们带了一瓶经典基安帝红酒，"他说，"好的，那待会儿见！"

我知道他对我喜欢喝甜葡萄酒完全不在意。

蕾吉娜第一个过来，可以看出她睡得不是很好。她不同意地注视着胡戈的药丸。"他的高血压症必须定期得到治疗，"她说，"看来他既没有在昨天晚上也没有在今天早上服用那些药物。"

都是我的错，可是谁能够在无比激动之下想到这种陈词滥调呢？尽管我已经收拾过了，但蕾吉娜还要再收拾一次，而且比我收拾得更加干净；难道她想效仿她的姐姐海德玛丽，使我受到监护吗？

"宾馆里的饭菜怎么样？"我问，好探询昨天晚上发生的情况。

"吃饭不重要，"蕾吉娜埋怨地说，"可我一再问自己，为何你扣留我迷人的生身父亲那么长时间？"

我可是想到了这一点，现在他是美妙的人，我已经不中用了。我反应很敏感，艰难地试图解释我当时的状况。

我们彼此责骂、拥抱、哭泣，爆发出神经质的大笑。人们早就无法忍受了。

电话另一端是维罗妮卡："你好，妈咪！"我的其他孩子三十年来称呼我为"妈妈"。来自卫星的回响不可能让彼此听得明白。我真幸运，因为我不再喜欢这一点。当我的女婿叫喊着"嗨，绿蒂！"时，我把电话挂了。

"我应该叫爸过来吗？"蕾吉娜问。从"胡戈姨夫"到"爸"，这个真的太快了！她应该离开才是。我偷偷希望胡戈还躺在床上，而他们不会太早回来。在经历这样一个夜晚之后，还能稍稍伸展四肢躺在长沙发上，这很受用。

我把尖酸刻薄的话没完没了地倾倒在可怜的海德玛丽身上，我感到有点难为情。首先她采取的预防指施完全做得对，因为胡戈根本不会想到自愿服药。此外，她到头来不得不死在我前面。

在寻找明信片的过程中，我发现了那张有着婚礼塔[1]的明信片。海德玛丽毕竟生于达姆施塔特，也长于斯，她看到家乡的一些东西还是感到很高兴。犹如一只手上的五个手指一样，这座砖塔城垛直指云霄，使海德玛丽秘而不宣地想起了天国。当胡戈、蕾吉娜和乌尔里希在这里的时候，我们将共同向慕尼黑致意。

---

1 达姆施塔特的标志，坐落在玛蒂尔德高地上，高 48.5 米，于 1908 年建成。

第十四章

    乌尔里希和伊芙琳，胡戈和蕾吉娜，最后也包括费利克斯和苏西，他们闲站在那逼仄的过道里，商量该做些什么。"墓地！"胡戈提出要求。

    我们开了两辆车出门。蕾吉娜驾驶第一辆车，乌尔里希坐在她旁边；我和胡戈像两个孩子那样半躺半坐在福特车里。我们不承担一丁点儿的职责，颠簸不定地穿越本区。胡戈很是享受，激动时甚至还抓住我的手。他的手指中间关节有许多结节而且不灵活，我知道我的手指摸起来也有着类似的感觉。

    费利克斯驾驶乌尔里希的车子，坐在他旁边的是伊芙琳，后面则坐着苏西。当她向胡戈问候时，好奇写在她的脸上。

    森林墓地前的停车场很大，现在还没到园丁忙碌的季节。苏西还从未到过这里。那个壮观的通道给她这个建筑系的大学生留下了深刻印象，我们缓缓穿越广阔的场地来到大门口，这个大门被柱子撑住，并且被两座有着圆形玻璃窗——是牛眼，正如她以专业人员眼光所说的那样——的穹顶塔楼护卫着。乌尔里希给这位年轻女士上课："主管市政建设的市政委员奥古斯特·布克斯鲍姆规划了这片墓地，一九一四年，最早的墓地开始建设。火葬场首先出现了，几年后悼念厅和尸体室相继完工。"

胡戈径直朝家族墓地走去，我云了我的家族墓地，可我们的大学生们获胜了。那些是他们感兴趣的一战和二战的军人墓地。"你们瞧呀，"费利克斯说，"这些死去的士兵永远不会没有军衔就长眠在地下。就是说，秩序不只是半世的人生！"说完他朗读起来："工兵、炮兵、二等兵、电话接线员、飞行员、担架工、预备役军人、步兵、特种兵和卫兵，等等。"

和德国人躺在一起的还有数百名在一九一四年至一九一八年间阵亡的法国和俄国士兵。我们这对爱好和平的情侣很惊恐，开始满腔热情地研究如何在家族墓地里书写阵亡的儿子们的墓志铭。他们安息了，"在北非的图卜鲁格附近，远离了他们的爱，却不会被人遗忘"，可是"爱永不停息"，他们"为祖国战死沙场"，或者"空投时坠亡"。最后，我们来到在一九四四年九月十一日城市被毁时遇难的一万两千名达姆施塔特市民的万人墓前，纪念碑上他们的名字以字母为序都被一一列入。那上面有许多我们认识的人。

"现在到伊达那里去。"胡戈说。我的姐姐并不是躺在我的父母那里，而是躺在他的父母那里，那里也给他预留了一块背阴的小地方。"我们善良而难忘的伊丽泽安息于此。"蕾吉娜读着她的新祖母的石碑。胡戈带来了一枝白玫瑰，将它安放在伊达的墓碑上。

我们的家族坟墓要比他的家族坟墓更漂亮。四根科林斯式圆柱撑住长有苔藓的屋顶，屋顶的外窗台上装饰着波形雕饰花纹。天使左右被玫瑰彩带包围，彩带中央被编织成一个花环。山毛榉坚果和松球在草地上随处可见，此外，这块林地只被几株盆栽的四季海棠打扰。这里躺着我的祖父母、父母，我的妹妹范妮和我的弟弟阿尔贝特。

哦，爱吧，只要你能爱！
哦，爱吧，只要你愿意爱！

　　　　那时刻会来，那时刻会来，
　　　　你站在那儿的墓旁感慨。

　　我的儿媳妇用略带讥讽的语调朗读。我猜想她的祖先拥有一个还要精致得多的长眠之处。因为我们的家族格言根本不那么令人讨厌。

　　蕾吉娜和乌尔里希常常利用间隙走到听不到他们声音的地方。明摆着他们是在谈论我和胡戈的是是非非。然后他们回到我们中间，蕾吉娜把她的爸爸拉到一边，乌尔里希则和我走到一块二十世纪六十年代的死气沉沉的抛光大理石毛块那里。可他并没有埋头于上面的墓志铭，他的求知欲放在了一枚绿色纪念章上，纪念章紧贴在那块歪斜的大木块上："存在事故风险！立即将墓碑固定住！墓地管理处敬启。"仿佛这个庞然大物马上要砰的一声落到我们脚下。"海德玛丽还得在医院里待多久？如果她自己暂且需要护理的话，那么胡戈姨夫怎么办？我们应该和她的医生联系一下，是吗……"
　　海德玛丽给过我医院的电话号码，可我把号码扔到哪儿去了？或许放到厨房餐具柜的右抽屉里了。

　　苏西问范妮是谁。
　　"费利克斯的大姨。"蕾吉娜说。"我的姐姐。"我说。"一个虔诚的女人。"胡戈讪笑道。跟许多更为重要的东西相反，他并没有忘记就连范妮也在短时间里热恋着他。可和我不同的是，我的姐姐并没有委身于男人，而是倾心于宗教。
　　"她是生什么病去世的？"费利克斯问。
　　下体癌症，范妮属于许多悲剧性的妇女形象，由于不恰当的害羞而迟迟未去看病。

"那就是说，这种癌症出自你们家族。"胡戈责难地断定道，因为正如乌尔里希和我谈起过的那样，蕾吉娜大概刚刚和他谈起过海德玛丽的疾病。

我突然对这一家人感到愤怒，想回家去，可我的愿望暂时无关紧要，因为胡戈感到头晕，随后躺倒在一块墓穴板上。令众人惊讶的是，蕾吉娜从自己袋状的手提包里拿出一个血压仪。"你从哪儿弄来的这个东西？"费利克斯目瞪口呆地问。

"人家刚好有这个东西。"她回答，用橡皮绑带围住胡戈的上臂然后给它充气。测出的血压令人担忧。乌尔里希和费利克斯架住那年迈的胡戈，扶着他来到一张遮阴的长凳那里，因为蕾吉娜发出嘘声："离开太阳！"

歇歇脚对我也很有好处。

蕾吉娜感到如鱼得水。她给父亲服用了抗高血压滴剂，并给他说了几句安慰性的话。过了五分钟胡戈就感觉好多了，聪明如他善于利用这个有利时机。"我不想到宾馆去……"他叹息道，仿佛宾馆的床有责任似的。

"你到我这里来，"蕾吉娜快乐地说，"如果是这样，那真的还要更好！"

"我想到夏洛特那里去。"胡戈说，我从他的眼里看到了那种令我感动的狡猾的闪烁。

蕾吉娜没有问我是否对这一解决方案感到合适，就答应了他希望得到的一切。

到了入口处，伊芙琳想过去问，是否我们能破例把车开到胡戈坐的长凳那里去。胡戈绝对不想惹人注目，保证说可以走到汽车那里。蕾吉娜和费利克斯一路挽住他，我们踏着细步慢慢走近停车场。

苏西和乌尔里希闲聊，我的儿媳妇和我闲聊。虽然她今天肯定没有穿上最好的衣服，但是她还是让所有的人黯然失色。她那粉红色的服装——正如她强调的那样，是波斯粉红色——可以在任何一个外交官招待会上看到。好吧，她真的不知道为什么我们偏偏想到墓地去。"你穿错鞋子了。"她和气地说。

伊芙琳看透我了。她了解我偏爱体操鞋，知道我为谁才穿着这双风度高雅的凉皮鞋，这双鞋是她曾经在佛罗伦萨给我买的。我感到有点羞愧的是，胡戈在我眼里要比穿着不易磨损的鞋子更为重要。

以前那些利嘴毒舌说，乌尔里希忍受恋母情结之苦：有了红头发的伊芙琳，他就是娶了自己的母亲为妻。全是胡说八道。起先我怀疑这个神气十足的女人是否对我与世无争的乌尔里希保持忠诚，可自从他过了五十以后，她一直抱怨他对他的女学生暗送秋波。

我们终于回到家时，胡戈被安顿至长沙发上。乌尔里希手拿电话和我一起来到厨房。他当然没能联系上慕尼黑的主任医师，今天是周日。我给妹妹爱丽丝打电话，她毕竟是医生。她马上同意明天早上找到海德玛丽的医生，然后告知我们详情。此外，她安慰我们说，她认识的好多女人，在做过乳房手术多年以后身体一直很棒。不过她说当然也有可能在胳臂上出现淋巴堵塞的情况……"如果发现乳腺癌之后头三年里没有发生肿瘤转移或者局部复发的话，那么基本上就是脱险了。"

胡戈和我是否还要体验这个？

其间，蕾吉娜、费利克斯和苏西已经参观过阁楼，探讨阁楼用作客房的可行性。不可能，尤其是因为这个楼梯很陡峭，蕾吉娜说，不过大家可以把其中一张床抬下去。费利克斯不知趣地说道："虽然那些床垫是相当破破烂烂的了。"

那么把床放到哪儿去？他们可不会——不管三七二十一地——

将床安置在我的床榻之侧吧？"我可以毫无困难地睡在长沙发上。"胡戈说。

我表示抗议，从长远的角度看，我不想失去我的午休场所。那些精力充沛的孩子探询似的在厨房、客厅和卧室里走来走去。现在这个舒适的小房间承担着有用的服务，如果它被清空的话，那么床铺和床头柜就可以放进去了。胡戈对此表示满意。

我听见乌尔里希问他的妹妹，如果胡戈重新虚脱的话，是否她最好还是在我这里过夜。"我要向你说声抱歉，我明天早上八点得躺在席子上，"蕾吉娜说，"我估计你要很晚才……"

九点整，我那些操心的家人终于消失了，就我和胡戈留下了。苏西刚刚铺好的一张床在等待着他，蕾吉娜从宾馆里取回了他的箱子。我们两个老人累得筋疲力尽，可我们俩及时想到了药片。

"蕾吉娜为何要和她的丈夫分手呢？"胡戈问道，"他不是至少是费利克斯的父亲吗？"他不是很赞成离婚，我知道这一点快五十年了。

我提及蕾吉娜相当仓促地嫁给了一个年龄大得多的男人，所谓的炉管子，尽管我、乌尔里希、爱丽丝以及她最好的朋友们都警告过她。恩斯特·埃利亚斯是一个有点疯汪的艺术家，圣经问题专家。蕾吉娜当时有着一头波浪般的蓬乱长发，站着为他充当那个赎罪的抹大拉的马利亚[1]的模特，给主子洗脚和涂上圣油，然后拿她的头发当作毛巾擦脚。为了节省一个男模特，炉管子习惯从矫饰主义的视角临摹自己的脚。蕾吉娜怀孕，促使恩斯特·埃利亚斯将心思花在了麦当娜们身上，她不得不有点闷闷不乐地容忍马利亚系列，尽管绘画中的那个处女始终处于逃难之中。

画家为白色百合、借用的驴和蓝色披肩花了很多钱。费利克斯

---

1 抹大拉的马利亚，在《圣经·新约》中，被描写为耶稣的女追随者。罗马天主教、东正教和圣公会都把她视为圣人。

一出生，也成了父爱的牺牲者，才几个月大的他被包在粗亚麻布里时，就有人分派给他一只小羔羊达数小时之久。为了减轻自己的负担，蕾吉娜主张请个用人。于是，灾难一发而不可收拾，很遗憾的是，有人故意向我隐瞒了通奸的细节。婚姻以我女儿将头发剪成像火柴那么短而告终，从那时起她开始留一种令人不生好感的发型，并保留至今。

"不，不，"胡戈说，"她是圣女贞德，这种发型适合她。可你知道吗，夏洛特，我得准备重新调整我的遗嘱。在此之前我一直以唯一的女儿为出发点。"

"蕾吉娜继承了我的房子，维罗妮卡和乌尔里希出于好意放弃了遗产。没有你的祝福，她也渡过了难关。"

很遗憾的是，胡戈马上看出了我的计划有破绽：这个被砌在墙内的贝恩哈德属于遗产之一。"我们可不能做这种事，夏洛特。"他说，他说得没有错。我们若有所思地一起坐在长沙发上。

对我们老年人而言，将贝恩哈德挖掘出来然后安置到别处，这当然不可能。蕾吉娜将留下这个房子吗？如果她想自己住在里面的话，那么这种机会至少很大：时间过去了很久，这个可怕的文物才被发现。但如果她要卖掉房子，这个过时的房子无疑会被拆除。

"你能肯定吗？"胡戈问。

作为房子的主人我对法律规定的雷击、爆炸、火灾、风暴、冰雹、洪水以及地震等大楼保险承担责任。我们互相瞅了瞅，来自青年时代的一点儿开拓精神重新闪现。"人们完全可以……"胡戈说，"……干脆一把火烧了这栋破屋……"我补充道。我找出保险单，看看这种努力从经济上是否值得。

瞧吧，相当大的一笔钱。人们恐怕真的会同意一个老太太的话，她不小心忘记把那只热的熨斗从易燃的织物上撤走了，她没有关掉电炉，她没有闻到电线烧焦的味道。我们甚至可以省下不菲的汽油费。

胡戈还提出了更为疯狂的计划：“我们用这笔钱可以进行一次墨西哥海上度假之旅。”

“假如这个房子不在了，蕾吉娜可以拿到全额保险金。”

可然后我们只剩下养老院，而一旦遇到大火，贝恩哈德的真相完全有可能更早地大白于天下了。

我们之间的对话，使我鼓起勇气提出一个重要问题：“胡戈，你终于必须向我坦白，伊达去世以后，你为何没有立即告诉我消息！你若是早十年过来，我们或许真的还可以一起出去旅行。”

胡戈有点沮丧地喃喃自语。可他当年的信件和明信片无一例外地有着轻松愉快的基本内容。我继续追问，真相渐渐浮出水面。早在伊达去世前，胡戈就卖掉了他的书店，但和他的女继任者关系不错，几乎每周都要去看望她和他从前的商店。这位女继任者叫罗特劳德，出生于奥地利，嫁给了一个她通过广告认识的侏儒：“我们不仅给您打造大院，还要给您打造花园。”她马上打电话，可不是想认识园丁，而只是想认识那个写文案的人。胡戈从此以后不得不把由罗特劳德创作的爱情抒情诗改编成有着明确韵律的十四行诗。小册子以《很小，却是我的》为书名在作者自己经营的出版社出版。这个侏儒，多年来被最温柔的诗歌和维也纳的甜食宠坏了，自然有着忘恩负义的天性，离开了女诗人，好去追求一个更年轻的女人。胡戈作了一次意味深长的停顿，以便马上进入问题的要害：除了他没有其他人安慰过罗特劳德。现在我要愤怒了。她有多大？五十多了。那就是比他的女儿年轻！“难道你跟她睡过觉吗？”胡戈避而不谈，遁入默里克[1]的一首诗中：“树林里的无数叶子，你们当知道，我亲吻过舍恩·罗特劳德的香唇！保持沉默吧，我的心肝宝贝！”

或许他在期待我用押韵诗回答道：“是什么让你如此惊异地看着

---

1 爱德华·默里克（Eduard Mörike，1804—1875），德国抒情诗人、小说家和翻译家。

我？倘若你有心，那就亲吻我！"可我没有想到这一点，不如说我有兴趣打发他到宾馆去，但必须用世俗的语言让他注意到这间舒适的小房间。胡戈并没有把我的愤怒当回事，他无礼到觉得这件事很有趣。当我终于同样躺在床上时，不禁像一个黄毛丫头那样对那个侏儒咯咯笑起来，这个人肯定是胡戈杜撰出来的。对这个真实存在的罗特劳德，我自然不得不哭泣，我的心很久无法保持沉默。

早餐时胡戈打听起他的外孙来："这个男孩如何看待自己的父亲？"费利克斯和恩斯特·埃利亚斯彼此很少见面，也互不喜欢，但父亲每次付款都准时而大方。因为当画家从木板上的画开始，再转入壁画时，他在老年时带着金钱和荣誉来了。在他为巴伐利亚一家康采恩画了《七宗罪》之后，将会议大厅装饰上既宏伟又具有劝诫性的湿壁画后，就在这家工业大企业里成了时尚。

胡戈还想知道一点：为何是"炉管子"这个名字？费利克斯的父亲曾经是一条"细长的毛巾"，正如安东表达的那样，是一个瘦长男子。我们的外孙和他有点相像。但是在他功成名就之后，我们照例不得不修改一下画家这个"小圆铁炉"的绰号，因为他的外表变化巨大，他变得矮胖粗壮，犹如他的脸色也从柔和的苍白色突变成紫罗兰色一样。

我反问胡戈道："为何海德玛丽不把你交给罗特劳德呢？"

我真可以想象一下，那个女书商为自己找了个小男孩，而且是在很久以前。可她不想让她的旧男友伤心，因此多年来还一直邀请他一起喝茶。

"夏洛特，我是一头驴。"这无疑没错。我们津津有味地喝着咖啡，然后沉浸于抑郁的想法之中。

那我们应该拿贝恩哈德怎么办？没有问题，胡戈镇定自若地说，我可以到公证处留下一份声明，在我去世以后这份声明才能交给那位女继承人。蕾吉娜届时才能证明她和那位死者毫无关系。任何一家殡仪馆都可以清除尸体。

"不，"我说，"这不行。你不认识乌尔里希和维罗妮卡！这是什么样的缺德事！如果他们知道，那是他们阵亡的父亲……"

"我们可是完全不需要他们。你就写上你迫不得已把一个不认识的企图强奸你的士兵杀死了！"

我提出了否决。警察无论如何会对一个陌生人展开调查，然后根据他的牙齿查明他的身份。

"那我们又得赶紧把他找出来。"胡戈不动感情地说。

"别开恶意的玩笑。"

胡戈含笑注视着我。转换话题，我可了解他。"夏洛特，我这辈子还从未求过婚。当时，伊达怀孕的时候，有人从四面八方吓唬过我：你现在得马上和她结婚！或许我原本就应该这么去做，可肯定不是在我二十一岁的时候。"

我满怀期待地看着他。他脸不红心不跳地问道："夏洛特，你愿意做我的妻子吗？"

现在我不得不克制自己。胡戈总是给人带来惊喜。"你还想让我给你生孩子吗？"我问，毕竟《圣经》里的撒拉[1]比我还老。胡戈宁愿听到另一个回答吧，他有点气恼地望向窗外。我的态度落落大方，或许我应该答应和他非法同居。

---

1 撒拉，《圣经》中的人物，亚伯拉罕同父异母的妹妹，也是亚伯拉罕的妻子，以撒的母亲。撒拉生下以撒时已是 99 岁高龄。

第十五章

　　我和胡戈津津有味地闲聊我们从前婚姻生活里不可接近的细节，我们故意无视对死者只说好的一面的规则。当我早年向他打听伊达的事情时，胡戈顶多给出三言两语关于她的健康状况。现在我才获悉，我的姐姐在她生命的最后几年里特别喜欢薄荷巧克力，也因此失去了她出了名的窈窕身材。白天，伊达坐着轮椅在餐室的大桌子前，将一块块拼图拼合成一个完整的图，将那些薄如蝉翼的巧克力片塞入嘴里。她对泰姬陵、加拿大森林的秋天、吕内堡中世纪山墙向街的房子、华盛顿的国会大厦以及伦勃朗的油画《夜巡》了如指掌，所以可以将每一小块拼图板转动至单色的背面，只按照其形状重新拼接成整体。她照例有时间阅读，书也有很多，可是，海德玛丽不得不经常给她买些低俗杂志和时尚画报。我有点居心不良地打听海德玛丽自己在读什么书籍；对胡戈的理解而言，这是一个中等程度的灾难：他的女儿阅读心理玄学方面的所有书籍——尤其是心灵感应，以及用敲击声使鬼怪显现。她对此声称并非沉湎于神秘学，而是想要揭开其神秘的面纱。他审视我，蕾吉娜的情况如何？遗憾的是，我们共同的女儿也不碰文学作品。我可以列举一些自血疗法作用[1]或者使用荨麻汤汁防治病虫

---

1 自血疗法，一种刺激体疗法，从静脉中抽取一定量的鲜血，再重新注射进自己的肌肉内。

害的专业书籍，其他我就不知道了。

我那瞎子伴侣安东，也对世界文学非常陌生，可是当我给他朗读时，他至少仔细倾听。胡戈下流十足地模仿安东的莱茵方言。因为我真的可以做得更好，所以必须马上证明这一点：我已经和安东同居了整整一年，直至他从乌尔里希那里听说我是红头发女人。"那是什么意思，你是红头发吗？"他问，"现在我要大吃一惊了。"

可贝恩哈德也有自己的怪癖：尽管和爱好体育运动沾不上边，但他却善于将一八九六年到一九三六年之间夏季奥运会的所有奖牌得主一一列举出来，收集前德国殖民地的邮票——可是只收集动物题材邮票——然后受到在陌生的厕所里感染性病的恐惧的折磨。然而，由于他小便频繁，他不仅在旅行中或者饭店里，而且在每天担任教员工作时依赖使用公共厕所，这同样引起可怕而又毫无理由的恐慌。胡戈的笑是幸灾乐祸的笑，虽然遇到这种问题时他不得不突然寻找厕所；我多次想到的是，他在厕所里能待多久。当他回来的时候，我已经没有兴趣对死者的残疾说长道短了。

在这期间，爱丽丝打来了电话。经向医生打听，海德玛丽的身体状况很正常，但根据肿瘤大小，乳房被要求切除，腋生的淋巴结被刮清。医生建议化疗之后进行愈后护理治疗。

"那你们得考虑清楚，海德玛丽很长时间不能正常生活，"爱丽丝以一种客观的态度说，"蕾吉娜应该在你们那个地区好好找一下养老院，肯定会在哪个地方有空房间可用。"

胡戈泰然自若地接受了这一信息，我甚至有种感觉，他不能完全理解严峻的形势。为了体谅他，我还是对他隐瞒了养老院的事；我先要咨询一下孩子们的意见。

蕾吉娜担心我又要吃人家送来的老人餐了。十一点整——我们十点整才吃过早餐———一个小伙子（可惜不是帕特里克）送来调味汁肉卷、什锦蔬菜和土豆泥。我把所有的东西放入烤炉内，后来忘记给它加热了。

"你知道吗，伊达，"胡戈说，"海德玛丽真的应该好好休养一下，她平时很少出去散散心。"

我被称作"伊达"时，每次都怀恨在心，然后决定将来要称他为"安东"或者"贝恩哈德"。我有点艰难地取消了计划中的教训，因为他女儿的康复期不是旅游。不过海德玛丽不仅要照看她的母亲，也得关心她的父亲和她的外祖母，这是事实。在经历所有这些操劳之后，她现在自己得了重病，依赖陌生人的护理。她多年照顾我的老母亲，直至人们不得不将她转移至县老人院，我却从未对她表示过恰如其分的感谢。

胡戈变得安静了，自从我认识他以来，他对批评总是做出容易生气的反应。然后他大多对我不理不睬一会儿，但偶尔也会准备反击，就像现在一样。他的目光扫视房间，直到落到一个以黑色和棕色的土质涂料制作的伊特拉斯坎花瓶复制品上。"米勒恰恰也有同样的花瓶。"他说。

我应该咬断舌头也不说的，可我赶紧回答道："这个花瓶就是米勒的。"摆脱我的女友在她的一生之中送给我的所有那些破烂货，我的良心不会受到谴责，唯独这件遗物不行，它代表着高贵式样的古典艺术品。这个花瓶和我的这位女友如此心心相印，以至它成了长在我心头的一块肉，我无法判断是否它和拙劣的艺术品有关。

由于安东之死，我二度成为寡妇，米勒的丈夫也在同一年去世。起先我是由衷地悲伤，完全不想要和胡戈建立更密切的联系。失去施比尔维斯之后，米勒重新从一名年轻男子身上寻求安慰。她，这个迄今为止忠诚的妻子，在丈夫安葬不到三个月即委身于一个英俊潇洒的送报人。从那时起，她就没有中断这情人。

当胡戈在小铁桥中央意外地撞见米勒时，他已经向我小心试探过，尽管很谨慎，却是徒然。她拥抱他，也知道我和胡戈之间不再存在恋爱关系，于是立即将他引诱至她家里。当我获悉此事时，因为她毫无恶意地向我谈到了这一点，我受到的伤害很深，直至今日依然对胡戈耿耿于怀。胡戈和她之间的不正当关系持续了大约两年，因为米勒到最后还是更喜欢年轻一些的男人。后来我和她和解了，重新成了好朋友，使用谨慎的交流手段对付胡戈的经验。那仅仅是一起草率的桃色事件，这对我是一种安慰。此外我很喜欢设想的是，每当躺在米勒的双人床上时，胡戈总是会想起我来；当我们被施比尔维斯抓个现行时，那是多么激动人心。

胡戈马上认出了那只花瓶，让我感觉很受伤。我对他不理不睬，于是打开电视。这会儿我什么话都不想说，老是和另外一个人在一起很累。为什么我穷尽一生只是在探索人类社会？为什么我就必须结婚，生上三个孩子，此外还得持续不断地和家庭成员、男人们和女友们生气呢？唯有胡尔达陪伴我的时候，我才感觉更舒服。无疑我很高兴我的孩子或者孙辈过来看我，可若是他们又走了我会更高兴。为何人们总是说，一个孤独的暮年有点令人遗憾？我们老人可真的需要——对，是渴望宁静。

胡戈显然不喜欢看电视。他摘下耳机，径直躺在我的沙发上。

我的孩子们规定蕾吉娜和乌尔里希每天打电话过来，费利克斯每隔两天闯进家来。今天他想收集我们的脏衣物，再交给他母亲清洗。胡戈为什么要每天早上从橱里拿出来一条新毛巾呢？我问自己；我整整一周只用一条毛巾就够了。现在他的东西将装满我们女儿的洗衣机。

费利克斯还有其他打算。"过来，我们出去一会儿，"他说，"蕾吉娜把汽车借给我了。"他快乐地发出尖叫，把好心情传播开来了，以至我们的坏心情烟消云散。

胡戈想到大池塘那里去。那里跟以前不一样了：我们不能随便把汽车停在我们想停的地方。费利克斯得花费很长时间找一个停车的地方，因此我们先独自待在河边。我和胡戈手拉手站着，看着豌豆汤一样黄的河水。"我们曾经说过这是士兵浴场。"胡戈还记得这种说法，因为以前军人都到这里来洗澡。

芦苇带、杨树、柳树以及小舟仍一如从前，可谁也不会戴上有着黑绿色或者红色条带的那些合适的轻便草帽了。费利克斯过来时，胡戈终于可以显摆他的知识了："一七七五年，歌德曾在此浑浊的大河里游泳！"

费利克斯打着哈欠说："对，对，他总是第一个，到哪儿都是第一个，或许也包括攀登珠穆朗玛峰。"

"你还知道吗，夏洛特，"胡戈说，"有一年冬天特别寒冷——那是在什么时候？大池塘被冻住了，我们可以在上面滑冰。"

我想不起来了，因为我和我的兄弟姐妹经常在博伦法尔门畔寻找网球场地，消防队员在那里喷出一块滑冰场。"阿尔贝特从来不愿意一起过去，"我说，"可有一次他却被我说服了。"

范妮、阿尔贝特和我乘坐一段有轨电车，在路上阿尔贝特就开始冷得发抖。他还没有踏进滑冰场，就差点儿要回家。"你该穿上暖和点的衣服，"范妮说，"冬天不穿上外套可不能上大街去。"

我溜冰时一直感到很热，所以慷慨地脱下我那件有内胆的夹克衫给我弟弟穿上。他也想戴上风帽。当他终于穿上紧贴腰身的浅蓝色上衣，戴上花边上有流苏的毛皮镶边风帽时，明显精神多了。他自信地挽着范妮和我的胳膊在我们之间摆动，快乐爽朗地唱起了弗洛托[1]的《玛塔，玛塔，你消失了》。我们鞋店的一位顾客微微一笑，道："瞧，三姑娘家！"

次日下午，我问阿尔贝特，他是否还愿意一起过去。他兴致很足，不过只是要重新换上衣服才出门。我当时并没有表现出理解，因此阿尔贝特只去过一次溜冰场。

其实我期待过我的叙述会打动胡戈和费利克斯，要让他们感到有点伤心。可胡戈只是说道："原则上我们确实已经知道了这一点。"说完将一只塑料做的香槟酒软木塞扔进水里。费利克斯随后问："当时就有喇叭了吗？"

"没有，冰中央有一个小平台，一个三重奏乐队在那里温暖的篝火之下演奏。有一些情侣在跳舞，我们这些孩子常常沉浸于极速之中。"

费利克斯和胡戈只顾着自己说话，把我晾在一边。我听到我的外孙用"尊敬的外祖父先生"称呼他的外公，胡戈却不能马上清楚地叫出费利克斯的名字。他习惯用"小子"或者"男孩"糊弄过去。因为我知道得一清二楚，一旦有人考问他的知识，尤其是藏书方面的知识，费利克斯更喜欢以发牢骚应对，所以我认为胡戈重新谈及自己的爱好是错误的。

"我很高兴能在达姆施塔特逗留，"老人郑重地说，"德国语言文学学院就坐落在这里，我的文学的根也在这里。"

费利克斯对他表示理解。"我们中学里有一位德语老师，他是毕希纳[2]的狂热粉丝。我们反复讨论《沃伊采克》剧本，直至没完没

---

1 弗里德里希·冯·弗洛托（Friedrich von Flotow, 1812—1883），德国歌剧作曲家。

2 格奥尔格·毕希纳（Georg Büchner, 1813—1837），德国作家、医生、自然科学家和革命家。传世名作有剧作《丹东之死》《沃伊采克》、小说《棱茨》等。以其名字命名的毕希纳文学奖是德语地区最重要的文学奖项。

了……"

"他们都是具有影响力的英才,"胡戈说,"我们这个诸侯的国都因为他们才出名:约翰·海因里希·默克、毕希纳和尼贝加尔,我们这个时代还有卡西米尔·埃德施密特、弗里德里希·古恩多尔夫,尤其是格尔奥格·亨舍尔,只是举出一些例子。"

"我知道得更少,"未来的机械设计制造工程师费利克斯说,"但我几乎可以相信你忘记了沃曼[1]。你近来究竟在看什么书?"

胡戈承认这十年来他觉得看书太吃力了,无法集中自己的注意力。"本来我想把自己喜欢的书统统再看一遍,然后就转让给人家。可我太累了。我几乎都不打开电视看新闻,或者翻翻报纸了。"他抱怨道,"你只能听到谋杀、腐败和乱伦!也就是说,我相信我的女儿,一旦这个疯狂的世界毁灭,她会告诉我。"

我们再次独自在家时,胡戈又躺在了沙发上,我看着报纸。

《烧毁丈夫的尸体!》,这读的什么文章?即便最近常常梦见贝恩哈德,我基本上也已经把这件事给了结了。

我又是好久无法入眠,正如可以预料的那样,噩梦终于开始折磨我:父亲杀死了阿尔贝特,范妮拿耶稣受难像击中了我,贝恩哈德的灵魂给了一个敲击的信号。一只冰冷的手抓住我。

我吼叫了一会儿才停住,然后醒了。胡戈躺在我旁边。"我感觉不好,"他伤心地说,"让我在你身边躺一会儿吧,我有时有一种怕死的恐惧感。"

"在我们这个年龄,这很正常。"我冷淡地说。我差点儿恰恰因

---

1 嘉比丽勒·沃曼(Gabriele Wohmann,1932—2015)德国当代著名女作家,在长篇小说、中篇小说、短篇小说、诗歌、散文、戏剧、广播剧、电视剧等方面均有杰作名世。

为害怕他冰冷的手指而咽气。

然后我不再吭声，思考在我活到《圣经》中玛土撒拉的年龄时我们睡在同一张床上，我会觉得如何。他在搞什么名堂？

看来胡戈首先想取暖，他紧紧地依偎在我身边。我们俩非常尴尬地注意到，彼此有过不道德的接触并非出于无心。可是就在我和自己完全达成一致之前，即我觉得那么亲近是否合适时，这个"冰神"变得暖和了，睡得很沉。他的胳膊越来越沉重，瘦骨嶙峋的脑袋越来越令人窒息，隆隆的呼吸杂音越来越响亮，干瘪的大腿需要的空间越来越大，身体散发出的哈喇和发酵兼而有之的气味越来越强烈。他究竟要那么多毛巾干什么？我觉得仿佛唯有年轻的爱情才能忍受如此之近的肌肤。他将在我麻木的胳膊上永远地闭上眼睛，这种恐惧稍稍折磨着我。

我原以为整个夜里不会太平。可一切并非如此。我醒来的时候精神焕发，兴致勃勃，气色不错，情绪高涨，听到胡戈在洗澡间，小鸟在樱桃树上歌唱。

"要不是我那么年老体弱，"胡戈说，"我一定会把早餐端到你床头，我的小宝贝。"

我这个老傻瓜急匆匆地烧水泡咖啡。因为我知道得很清楚，昨天夜里没有比舒舒服服地睡觉更令人激动的事了。就在我在厨房里噼里啪啦地忙碌时，一种感到屈辱的新念头萦绕在我脑海里挥之不去。正如我将胡戈干枯的身体视为难看一样，他也会如此看待我的身体。假若他在多年前和伊达分手，我们成了一对老夫妇，那情况又会不一样。我们的身体衰败完全可能悄无声息地几乎不为人所知地延续着，我们也完全可能适应了自己老年人的床上习惯。现在有一道四十年的鸿沟需要跨越，我们无疑会坠落深渊。如果今天胡戈重新爬到我的身上，我会毫不留情地拒绝他。可另一方面——我们在报纸上读到，在收音机里听到，在电视里看到这样的消息：老年人一直在为性爱辩护。难道他们在撒谎吗？难道是我毫无希望地落伍了吗？难道是我有狂热的幻想吗？胡戈却只是想要一点儿温暖和亲近，这个到头来对我也有益处。不，原则上我不希望有个家伙在我床上，我对自己说，然后泡了咖啡，就这样吧。

"蕾吉娜究竟有过男朋友吗？"胡戈问。

目前没有，但偶尔有。难道我应该跟他说他们几乎总是已婚男子吗？还是算了吧。海德玛丽今天要打电话过来，会给他制造足够的烦恼，因为他无法持续地拒绝她的电话慰藉。是否他向她承认她有一个妹妹？我担心他的虚荣可能使他变得肆无忌惮，所以不允许他这么做。

"你想到哪儿去了，夏洛特？等到她身体好点，我才会坦白这一点。"他说，"另外，并非所有的人都像你那么妒忌心十足。"

"你倒是说对了，安东。"我说。

胡戈还没有大吃一惊。可稍后他说："你的情绪特别多变，或许你应该服用点东西。你想试试我的药吗？"

我惊恐地看着他，他不禁哈哈大笑起来。

电话响了，不是海德玛丽，而是我的儿媳妇打来的。她支支吾吾地说道，假若乌尔里希和她两周时间不在，我是否会觉得不行？在此之前她应该从来不敢跟我说出这样的话的。我做了一次深呼吸，我们每个月从来不曾给彼此打过一次电话。"乌尔里希接到邀请去北京参加汉学大会，"她说，"你可知道他是怎样的人，他大多希望独自一人外出旅行。可这一次，我提醒过他。蕾吉娜知道这个情况，准备留守。"

胡戈也认为这个消息并不耸人听闻，可他趁机打听乌尔里希的孩子。

"你一定很佩服柯拉的照片，"我说，"她是一个善良的小女人。"

"可她似乎是唯一继承你的红头发的人，"胡戈说，"那个儿子在干什么？"

我的孙子弗里德里希终于在哈勒大学谋得了一个职位，很可能他现在和他的父亲一样开始科学生涯了。我从套衫上扯下我的一根白发，然后我还想起了一点："维罗妮卡——我的女儿在遥远的加州——最近把自己的头发染成了金红色，你觉得如何？"

胡戈首先得看一下。

"可是夏洛特，那个卖弄风情的漂亮女人，她的头发犹如胡萝卜一根。"他很押韵地说。

"讨厌的闹剧！"我回答道。

第十六章

　　我和胡戈整晚坐在电视机前。我们先是欣赏诺曼底的野猪，然后却讶异地发现那些沉甸甸的野猪跑得飞快，以便去追猎、捕获并且在最后享用到一只体弱的兔子。"哎呀！"胡戈咕哝道。

　　接下来的电影发生在美国，是关于坠机的故事。不再有绿色，没有森林，没有草地，充斥画面的是钢筋水泥、跑道、汽车和飞机。最后一切都被毁灭了。这一次胡戈开始评论道："人力的产物是小玩意儿，小玩意儿。"

　　接踵而至的是灾难性的画面。"船开裂了，火熄灭了，所有的人被拯救了，唯独缺少了一样东西。"胡戈容光焕发。"那始终是我的梦想，即有朝一日在我的一生中成为一名英雄，可作为书虫，我几乎不会有这方面的机会。你记得我年轻的时候想成为护林员吗？当时我还完全没有发现文学的世界。我不情愿地回想起战争和被俘，但在战后我们有点像鲁滨逊那样生活———一切被重新开始和组织。这给我带来了真正的乐趣。"

　　是英雄上床的时间了。我的卧室既不能上锁，也没有门闩。我没有什么兴趣今天夜里还有人看望我。可命运帮了我的忙。胡戈说："我亟须上银行去。明天我们坐出租车到城里去一趟，这就需要人精力充沛。我想早点去睡觉。没有什么比在沥青路上走路更累人的了。"

　　不管是费利克斯，还是蕾吉娜，都没有时间做司机。我的身体状况比胡戈的要好。起先他的兴致还很高，兴高采烈地问候根据罗马的万神庙仿制的圣路德维希教堂："嗨，你瞧！钟楼！"一看到这种圆顶，总是让我想起范妮，她就是在那里第一次参加天主教礼拜。可是没过多久，胡戈感到疲乏了，奔向一家咖啡馆，在露易丝广场中央点一份冰淇淋吃。"真难看。"他对着购物中心说。这家购物中心占据了老宫殿的位置已有二十年，然后成了纪念碑的"奇迹"。事实上很奇怪的是，我们现在的全景，包括市场、广场和我父母的家都成了废墟，而那个高耸的纪念碑却是孤独地活下来了。

　　有一个花圈安放在一块沉重的细方石上，那根红色的砂石柱子屹立其上。以前我从多立克式立柱的里面沿着螺旋楼梯爬上去，好从小阳台上远眺。

　　胡戈喜欢路德维希纪念碑，路德维希一世端坐于顶上，铜绿大衣连同肩章和古雅的褶裥一起，赋予他一副雄伟威严的外表。胡戈从从容容地吃完冰淇淋，靠近他的朋友，在研究柱身上的文字：本纪念碑于一八四一年六月十四日举行奠基礼，于一八四四年八月二十五日揭幕。庄严的碑文之后是蓝色粉笔写的潦草的字：大麻合法化！

　　现在轮到德意志银行了，胡戈请我稍等片刻。由于我们放弃了咖啡馆的座位，我就和年轻人一起坐在纪念碑的台阶上。我等了很久，然后感到害怕起来。要是现在他的身体又感到不适，晕倒在银行窗口前的地上，那可怎么办？可是，在银行交易时他显然不希望我留在他身边。

　　终于，胡戈挥动着一只塑料袋从一家百货商店里出来了。他要寻找一个新的座位，我们朝着广场走去。我们远望着宫殿开始了第二次歇脚。

　　"我开了一个账户，"他说，"然后就可以把钱转到这里来。如果我给孩子买一辆车，他一定会很高兴。"

这是否合适？只是别把人宠坏了，这是我的座右铭。费利克斯住在几个人合租的一个集体公寓里，可以借他朋友的车，除此之外，蕾吉娜常常把她那辆保养不佳的汽车借给他。

"我是小男孩的时候，曾经去过一次那里的宫殿。"胡戈说，然后指了指那个庆典用的阳台，金色的公爵纹章在阳台高耸而圆形的横木门上熠熠闪光，"对我来说这是有点不可思议的东西，而对如今的孩子而言它远不是看一次迪士尼乐园。"

"那你买了些什么？"我好奇地问。

胡戈没有想隐瞒不说，我希望他愿意送我一些异常美丽的东西。

我们又走了几步路。抵达城市教堂时，教堂的门当然是关上了。胡戈和伊达就是在这里举行了结婚仪式。"你还知道吗……"他开始道，其他人就更不知道了吧。

"我病了，当时并不在场。"我生硬地说。难道他永远不会理解这个婚礼是我一辈子的伤痛吗？我有点敌意地补充道："那座老教堂和其他的市中心一样完全被毁，这里的这个是重新建造的。"

本来我打算——反正我们想乘坐出租车回家——买点食品：面包、牛奶、果酱、黄油。肥皂、卫生纸和洗涤液也快要用完了。可胡戈不行了，我不得不感到高兴的是，他还能坚持步行至出租车站点。

到了家里，胡戈将购物袋藏在他的床底下（我虽然看不见，但能听到他在发出叮当作响声），径自躺在沙发上，因为他的小房间真的只适用于睡觉，然后他要了一瓶不是太冰的啤酒。他手里已经拿着啤酒，可我还没有脱下出门穿的鞋子。这种愚蠢的殷勤，我还得赶紧在我的晚年改掉。

"夏洛特，你有一些财产，我也有一些财产。如果把我们的钱凑在一起，我们可以支付得起一个适合老年人居住的舒适房子。"

"对我来说，我的房子很理想。"我简短地说。

"你当然不想离开你的贝恩哈德。如果我能解决这个问题，你愿意出租这个房子，或者过户给我们的女儿吗？"

我打量这个老人。他要觊觎我的钱财了吗？这可不是胡戈的风格，经济问题对他而言从来不是重要的事。"到了我们这把年纪，"我说，"为了自己放心，我们得有一定数额的存款。你设想一下，我突然需要护理……"

"那你有三个孩子能派上什么用场？"胡戈问，海德玛丽为他做出牺牲很理所当然。

对这一点我反反复复思考了很多。"我的孩子们无疑会接纳我。可我不喜欢到维罗妮卡那里去，美国我又觉得太陌生了。在乌尔里希家，我的媳妇就要承担责任了，一旦一个有病的老太太住在家里，她就得彻底改变她的生活方式，那也不好。另外蕾吉娜——你是如何设想这件事的？她有工作。"

我们谈完后，我重新明白过来，胡戈愿意永远待在我身边。我曾经一辈子就希望自己能这样，难道我应该向他表示衷心感谢吗？

胡戈发觉我在冥思苦想。"你瞧，"他谨慎地问道，"安东出事和去世之后，你很长时间不愿意听到我的任何消息。你当时有新欢了吗？"

我感到气愤。"你以为男人们会拥着一个有着三个未成年孩子的四十五岁寡妇吗？那么此外——我向你打听过你有多少女人了吗？"

现在轮到胡戈生气了，强调说她们并非没有名分，而是规矩的女人。

安东去世时，给我留下了一份微薄的人寿保险金。起初我不敢碰这笔钱，可大约半年后，悲伤和自制过去了。我决定和孩子们一起在奥地利的克恩滕过一个美好的假期；当时人们开始重新出门旅行了，几代同堂的人家动身前往作为条顿人烤架的意大利里米尼。当然让我感到很自豪的是，作为阵亡士兵的可怜的遗孀也能进行一次休养旅行，尤其是因为孩子们的缘故，他们迄今为止仅仅在暑假里看望过我的嫂子莫妮卡的农庄。愚蠢的是，我不仅和我的母亲及爱丽丝，而且和我那个天主教姐姐分享这些计划。范妮在一个神甫那里担任女管家，至今她一直将她的假期———一年才几天——仅仅用于家庭聚会。我的信一定非常吸引人，她立刻回信说她想同行。我左思右想。维罗妮卡和乌尔里希很独立，想跟随自己的兴趣走，可蕾吉娜自始至终是一个腼腆胆怯的孩子，一直离不开我。不言而喻，我们并没有预订宾馆，而是在一个私人女房东那里预订了几个房间。范妮可以稍稍照顾一下蕾吉娜，我可不会那么上心。另外，我的姐姐也肯定不会放过我的一举一动，以批判的眼光打量只隔着十米远和我接近的每一个男人。可我当然写信说，如果有她陪伴的话，我会很高兴，因为我没有这颗拒绝她请求的心。

这三间农家房间里都有很大的羽绒被，加上允许使用浴室和厨房，我们最初觉得好似天堂一般。我和蕾吉娜分享一个房间，维罗妮卡和范妮分享一个房间，乌尔里希作为男性家庭成员拥有最小的一间。风和日丽时，我们在奥西阿赫湖里玩耍，我和蕾吉娜终于一起学游泳了。范妮拒绝水上运动，待在湖边做编织活儿。我们在她的指导下度过了许多时光去收集鸡油菌和食用菌，以便到了晚上在陌生的农村厨房里给我们自己烤上熏板肉配洋葱和蘑菇。

我们夏日假期中的快乐马上转阴了。并不是我找到了一个追求者，而是我的女儿。刚开始的几天，维罗妮卡穿着手工编织的缩了水的浴衣在玩耍天真的艺术喷泉时和农村青年打得火热；她喜欢有人叫她维罗妮。但日复一日，她的脑子里有了更好的想法。一个到菲拉赫[1]看望祖父母的美国中学生，犹如水怪突然从湖中冒出来，把她的

---

1 菲拉赫，位于奥地利南部克恩滕州的一个城市。

身子都溅湿了。那个小伙子几乎不会说德语，我的女儿不得不费劲地说着她在中学里学的蹩脚英语，从教育学的角度这个倒可能挺合我的意。若不是范妮那么反感，或许我肯定稍带着嫉妒乐见她的调情。"你不能让她这么做！"她命令我。可我又能禁止什么呢？两个人手拉着手走在我们后面闲聊，偶尔发现一个鸡油菌。"你没看到她眼里在放光吗？"范妮挑拨道。

后来我才明白，她做得多么对。此外，乌尔里希站在他的阿姨一边。他认为这个闯入者没有教养、纠缠不休、智力迟钝，还有轻微的斜视。蕾吉娜一定是多年来遭受过姐姐刁难，她觉得用这种持久不断的注意力去恐吓这对情侣很有趣，那是哥哥私下里唆使她这么做的。

一天晚上，维罗妮卡不见了。我在托盘里放上面包、蒂罗尔熏板肉以及炒蛋端到院子里，我们习惯在那里的一张木头长凳上吃饭，我们的四周盛开着福禄考。大家都会准时过来，因为快乐地游完泳，我们的肚子在咕咕叫。"维罗妮卡在哪里？"

就连对侦察工作从不感到疲倦的蕾吉娜也不清楚。平时那么镇定自若的范妮失去了镇静。她设想发生了谋杀和强奸，而由于过分的自由放任，我难辞其咎。与此相反，我看到一个怀孕的女儿站在我面前，她不得不匆匆忙忙地嫁给一个美国斜眼。乌尔里希立即奔往警署。很遗憾我们只知道那个绑架者名叫斯蒂文，却不知道他的全名。

胡戈聚精会神地倾听着。他在他的海德玛丽那里当然从未经历过类似的事件。经我描述之后，或许他很清楚，一个母亲即便在假期里也无法无忧无虑地享受，完全撇开她很难找到一个新的生活伴侣不谈。

"小宝贝藏到哪儿去了？"他问，"那么她后来嫁的人是同一个美国佬吗？"

"哦不，斯蒂文是系列中的第一个美国人，来自北方的美国佬。看起来仿佛她必须尽可能测试美国许多个州的人，直至最终在她十九岁的时候嫁给了来自加州洛杉矶的瓦尔特。"

三日后，维罗妮卡被遣送回来了，因为他们在搭便车前往苏格兰格雷特纳格林时没有交上好运。警方在威尔士斯皮特尔截住了这对情侣。我还一直觉得我就是在那时开始生白发的。

"那么范妮呢？"胡戈问。

我姐姐用下面这句话迎接大哭大叫的维罗妮卡："你还是处女吗？"这孩子当然撒了谎。顺便说一句，斯蒂文的祖父母把她狠狠地教训了一顿，以至于她再也不敢回到我们身边。因为打听到了外甥女的情况，范妮难以让自己平静下来，老是挑我们的毛病，指责我不让孩子们做每日的餐前祷告，然后她开始亲力亲为起来。唯有蕾吉娜对她保持忠诚，维罗妮卡生着闷气躺在床上，乌尔里希不停地看书，就像今天还一直习惯所做的那样。

"他究竟在看什么书？"胡戈问。

"希腊哲学，"我说，"其他人在他这个年纪还在对卡尔·麦[1]的作品赞不绝口。顺便提一下，这是我们一起度过的第一个也是最后一个假期。乌尔里希和维罗妮卡加入了欧洲青年联合会，这个协会为年轻人组织价格便宜的公共汽车和自行车之旅。"

"那我们的小蕾吉娜呢？"

"她还想在出嫁之前和我一起外出旅行。我不得不承认我对此彻底厌烦了。"

胡戈有所不知的是，蕾吉娜并不是抢走了我的一些有兴趣的追求者，而是怀着嫉妒般的警惕性直截了当地赶走了他们。

"维罗妮卡婚姻幸福吗？"胡戈问。

我不是很清楚。无论如何，我——当涉及孩子们的时候，常常

---

1 卡尔·麦（Karl Friedrich May，1842—1912），德国作家，以冒险小说闻名于世，是拥有读者最多的德语作家之一。

就是这样——作过自我谴责。范妮说得对，维罗妮卡渴望禁令，渴望严格的规则。她是属于那些人的一员：希望自己有一个强大的父亲，一个旧约圣经中的自以为无所不知的人。我已经由她自便，对她要求已经过分了。加州充斥着自由主义的灵魂，很遗憾的是，我的女儿、她的丈夫和儿子们几乎都不向这种人表露心迹。一方面他们有点过于虔诚，那是我讨厌的，另一方面他们为艾滋病人承担义务，我为此感到自豪。

"是否她婚姻幸福？幸福是一个相对的概念，"我回答，"人们往往要在多年以后才认识到，很久以前他们有过五分钟的幸福。"

胡戈不知所措起来："可是夏洛特，你以前从来没有如此消极过！晚年使你变得冷酷无情了。"

"或者是明察秋毫了。"我说。我想起来，如果我完全是孤身一人的话，我只是经历了真正的历史性时刻而已。我沉默的白玫瑰呀！

"那和我……？"胡戈问。天知道他希望得到怎样的回答。

我和他一直在期待好运光临，我们不知怎么地错过了。"我们确实从没有长久地待在一起过。"我小心翼翼地说。

"你是我唯一的女人……"胡戈重新开口道，可我打断了他的话："歌德在此迷路了。"

胡戈大笑着，却并没有放弃。他说唯有我从内心最深处懂得他，唯有和我在一起才能发出爽朗的笑声，唯有我才拥有如此热烈的性格、激情、幽默和智力，更不用提我的美丽和妩媚了。

正如早已承认的那样，我并非不乐意听到这种话，到最后变得如此温柔，竟然吻了这个老谄媚者。我们的假牙互相咯咯作响，魔力消失了。到了我们这个年龄，最好能抓住什么？皱褶的双手，稀疏的头发，凹陷的脸颊吗？无定形的身体柔软部分反正不可能了。

胡戈预料到了我的顾虑。"人上了年纪，肌肤相亲变成了真诚的友谊和亲切的关怀。"

　　"你刚才提及熏板肉、洋葱和鸡油菌，"胡戈说，"我都已经垂涎欲滴了，我完全无法跟着你的思路走。我们今天究竟吃什么呀？"

　　就在我们踏青的时候，我们的饭菜给送过来了，我把我家的大门钥匙给了年轻的司机。我和胡戈打量着这份饭菜：豌豆泥和卡塞尔熏腌肉（我家里没有芥末），所有的饭菜都已经冷了，因为我们虚度了光阴，忘记了药丸，还没有整理过一次床铺。

　　胡戈不会做饭，但他很有想法。我们在厨房里做烘焙蛋糕，把豌豆泥制作成奇异的一团——他制作一个心形的模型，我把近乎圆形的群山堆叠起来——将泥团放在烤盘里，再撒上巴马干酪和苋蒿。胡戈在我的每一个山丘上放上葡萄干，胸部一样的东西就此形成了。我们将卡塞尔熏腌肉切成小块，给它们在调稠的红葡萄酒中加热。吃起来味道很可怕，但我们像白痴一样哈哈大笑。我又对我的意图毫无把握了。可当胡戈将那只结了一层表皮的烤盘交给我刮干净时，我很快中止了那些浪漫的迷惘。我刮去剩下的心形作为垃圾扔掉，这时候当嘟声响起了。胡戈的结婚戒指从黄绿色的豌豆泥中滑落至脏纸巾里，滚进一个放着咖啡渣的过滤纸袋，然后沾在我那束有刺的玫瑰的腐叶上。我闲着无事，微笑地注意到胡戈被折腾了一通，然后不得不弯腰、翻寻和清理。

　　海德玛丽的电话虽然定期打过来，但她的情绪难以捉摸——这一次亢奋，下一次抑郁。可总的来说，她更多的是关心她父亲，而不是她自己。尽管我们在服用药丸的问题上始终还不得要领，但我并没有否认任何的失职行为。

第十七章

　　我早就恢复过来了，很遗憾我确实得出去购物。如果胡戈大爷醒来，他应该找到一份像样的早餐，不可能没有面包和黄油。我背上背包，另外拿着一只放着购物清单、大门钥匙以及皮夹子的手提包启程了。现在，两个人一次吃的东西比一个人吃的多一倍；虽然费利克斯最近解决了某些基本储备，但我在采购时并没有考虑到所有的一切。胡戈上我家时，对我亲爱的孩子而言，起先经常打打电话，顺便过来瞧瞧，提供些帮助，这是义不容辞的事，目前这种情况已经大大地减少了。他们以为，没有他们，我们照样可以对付过去。

　　在超市里，我把手提包挂在我的购物车里，称了两只香蕉和三个苹果，我正想把水果放进我的小车，却刚好发现一名年轻男子抢走了我的钱包，冲破障碍，溜出门外。两个女营业员追了出来，可面对一个穿着足球鞋的短跑选手，她们没有了机会。虽然我自己穿着体操鞋，但还是呆若木鸡地站住了。一百马克没了，我不得不感到庆幸的是，那只放着证件、钥匙和备用眼镜的手提包还在。我一生中第一次在收银台用一张支票付款，因为我绝对不想负债。

　　回家的路上，我感到头晕眼花，和胡戈最近在墓地里出现的情况一样。我认识四周的每一张长凳，可以在没有外人的帮助下逃命到那里去。胡戈会感到惊奇，我和早餐究竟在哪儿。

不过家里太平无事。或许无所事事的人还在床上吧。我可以不慌不忙地取出我买来的东西，摆好餐具，烧好泡咖啡的热水。可这是什么样的沉闷声音？难道胡戈跌倒在浴室里了吗？他到这里来以后，没有洗过一次澡，出于慎重我回避了这种尴尬的话题。

虽然我既没有在浴缸里也没有在床上找到他，可一种令人感到奇怪的嗡嗡声重新出现在整个房子里。听起来疑似入室盗窃者的声音，我的脑海里闪过一个念头，胡戈被绑住手脚和堵住嘴巴躺在阁楼里！突然，我清楚地听到那些响声是从地下室里传来的。我毫不犹豫地冲下楼去，没有想到那个忧心忡忡的费利克斯已经将用巨大的数字写下来的警署、消防以及急救大夫的电话号码贴到了我的卧室柜子上。

胡戈似乎想用房子里的那把斧子撬开我丈夫的墓地。他站立在贝恩哈德的陵墓前，竭尽全力敲击最上面的墙体，根本没有发觉我。一块碎石扑通一声掉下来，差点儿掉到我的脚上。

"你疯了吗？"我吼道，"你究竟想要干什么？"

胡戈吓了一跳，可当他看到我，并没有自认有罪，却对我微微一笑。"本来这应该是一起意外，我本来已经搞定……可是一切并没有我想的那么简单。"

他究竟在想什么？

胡戈本想用斧头对着墓墙凿一个小洞眼，而且只在头部的高度上。然后他想从无疑只剩下骨架的头颅上取出全副牙齿，再用砖头将一切重新砌得整整齐齐。"没有牙齿就很难分辨清楚，"他说，"趁雨天的时候，我可以把这些撬棒扔到大池塘里，而不需要任何费用。"

我紧张地倾听着。胡戈想扮演英雄，他很幼稚。他用一把凿子拍击洞眼四周易碎的水泥，最后将衬衫硬袖口上移，胳膊抬高伸进黑洞里。很显然，他碰到了空洞。

"他可不会走了吧。"他喃喃道。我被一种丢人的好奇心攫住了，恐惧也混杂其中——现在我想知道这一点。一个人在地下室里待了五十年，他看上去会是什么样子？

"你从未想到过这里根本就不臭吧？"胡戈问。

不过这是事实。贝恩哈德刚去世的那几个月，虽然我尽可能避免进入这个地方，但后来无法绕道而行。它那里的霉味从未和地下室的其他房间的有什么不同:煤炭、衣物、烂土豆、发霉而污浊的气味。

"这是我天才的绝招，"胡戈自夸道，"我钻了个小孔，新鲜空气可以通至壁炉。那些由于腐烂变质而形成的气体，可以直接排放至外面。"他在等待掌声。

"你曾经真是一个棒小伙子。"我拉长声调说。

"他一定是干缩了，"胡戈沉思着说，"或许我得把这个洞眼挖得深得多，否则我们摸不到他这个人。"他重新挥动斧子，向我表明他的身上具有一个伐木工的潜质。这一次，好几块砖石噼里啪啦地往下掉落。正当尘土飞扬的时候,胡戈果断地第二次伸手进黑色墓穴。——我的手电筒在哪儿？——他用很大的劲拉出一件保存完好的防风雨橡胶大衣。"我把这个命名为有价值的工作……"他思索着说。他的手再次伸进去，一只手出现了，我禁不住大喊一声。

"你们俩究竟在干什么？"突然之间，一个陌生的声音问道。我们没有听见还有第三个人进入了昏暗的地下室。胡戈的斧子轰的一声掉落在地。

"奶奶，是我呀，柯拉。"年轻女人说。我好久没有看到过我的孙女了，可我从红色头发上认出了我的亲生骨肉。"你们不是已经结束了吗？"她友好地说，"先上楼吧，那里的炉子上有一只烧红的没有水的水壶，应该对搪瓷不好。"

到了厨房，柯拉在做咖啡喝。我和胡戈面面相觑，我们看起来就像幽灵，没法触摸新鲜白面包了。

"大家都知道，我的父母在中国玩得很开心，"柯拉说，"他们知道我到海德堡参加同学聚会，把家里的钥匙寄放在我这里。他们吩咐过，我应该多加查看。"

胡戈捕捉到某些东西，开始打量我那个漂亮的孙女。柯拉身材修长，穿着一套翠绿色的皮装，脚蹬一双高至大腿的靴子。可惜她马上点了一根香烟，拒绝了我的脆皮小面包。"孩子，你过得究竟好吗？"我问，"你收到父母的消息了吗？"我才想起她和乌尔里希和伊芙琳关系不好，或许只是投宿在父母家里，因为他们俩外出旅行了。

"嗯，时间很短的话，我们恐怕真的不会写信，"她唐突无礼地说，"我过得非常好。我有好多的钱，可以想怎么过就怎么过。"

在这次并无恶意的闲聊之后，我们三个人现在倒是开始吃饭了。柯拉笑容可掬地注视胡戈，她三岁的时候就清楚地知道如何诱惑男人。此外，她对我也很着迷，多次饶有兴趣地注视我。很显然，有人已经告知她，我和胡戈的关系。

"我车里有一支手电筒，"她突然说，"我们就可以在片刻沉思之后在地下室里更仔细地目睹你们的文物了。"

我们应该——或者说必须——向她透露这个秘密吗？如果她相信一个无害的"文物"，她会向父亲、母亲，天知道还会向谁报告，不错，或许甚至新闻界也会听到这件事的风声。

"柯拉，"我轻声低语道，"这事关秘密。"

每个人都喜欢听到这句话。"我会严守秘密的。"她保证道。

"嗯，"我老练圆滑地说，"我认为你是站在你的老奶奶这边，可是在这种情况下你既不能向你的家人，也不能向你最好的女友和你最亲爱的人——如果你恰好有一个的话——透露。"

"我和玛雅的关系眼下有点不和，"她说，"我觉得最亲爱的人不会那么快地到我家里去。"

我不相信她的话。

可胡戈是阻止不了的。他对期待的东西激动起来。"大约五十年前，"他说，然后为了谨慎起见提及他的胫骨，"这里出过一起事故。你的奶奶依靠寡妇养老金……"

柯拉似乎很开心，马上反应过头。"太棒了！这大概是事关我的亲生爷爷吧？你们究竟如何处理这事？"

我摇摇头。这跟我被这种不靠谱的家伙遭受折磨有何相关？

胡戈解释道："据说他在战争中阵亡了。可是，一天夜里，他像个来自历史上的黑色幽灵一样骚扰我们。他因病危从俄国战俘营里获释，回来以后每天夜里喝得酩酊大醉。"

一个缓和的版本，我感激地注意到。"胡戈在地下室里把这个谣传已去世的人砌入墙内，给我保住了这笔养老金。"我补充道。

柯拉沉思着说："作为活着的人，他想必没有收到过伤残养老金吧？"她注视我们。"你们曾经是恋人吗？"她说，"好吧，我可以想到是怎么回事。"柯拉猜出是一次谋杀，她对此完全表示理解。"对我的父母做出最轻的暗示，那真的就错了。"她说，"一旦和性有关，他们是非常小市民的。"

我和胡戈不禁哈哈大笑。

柯拉跟着咯咯笑起来，局势稍稍缓和了。"你们为什么不让他安息呢？"她问，"如果五十年都过得很好，那么现在可就不会再出现麻烦事了。"

对，可我解释说，我并没有考虑永生，很喜欢把一套体面的房子遗传给我的女儿。

"高尚。"柯拉说。

"其实我只想清除掉全副牙齿，"胡戈说，"若是你不打扰我们，这事早就搞定了。"

"走吧！"柯拉嚷道，"到地下室去！"

虽然胡戈说这不是年轻女士去的地方，但她只是讪笑着，然后拿上手电筒。

"是否这种掘尸检验只对老年女士的胃口，而让你没那么感兴趣呢？"我对胡戈说。

"不过你不是马上可以待在上面你那个舒适的厨房里了嘛，"他假仁假义地保证道，"我和柯拉没有你也可以干得成。"

如果是这样，那可就更棒了，毕竟这事关我的丈夫，我不能擅自离开。

柯拉的手电筒对着围墙缝隙照射。贝恩哈德下沉得相当深，即便洞眼放大了也没有够及头高的位置上。胡戈指给大家看的那只手还算保存完好。

"有意思，"柯拉说，"不知怎么地，我觉得很熟悉……"

"那是神经在起作用。"胡戈说，然后试图抓到那只头颅。可是很显然，贝恩哈德并没有被分成块，嘴巴似乎紧闭，那副牙齿完全看不见，更不谈用把手松动它了。柯拉毫不迟疑地拿起斧子，连是否允许都不问我们一声，开始使出令人惊讶的力气敲击这堵围墙。由于胡戈事先做了功课，柯拉使劲敲击了两下，石块噼里啪啦掉下来，我们刚好还可以往后一跳。此刻我们可以很清楚地看出这个倒下的贝恩哈德，我顿时感觉不好了。

"我给咱们拿瓶白酒过来，"柯拉说，"因为眼下你们看起来老得不妙。"

"相当狡猾，这个小丫头。"胡戈震惊地说。

我坐在他旁边的从前那个食物保暖箱上，真想抽根烟，虽然我在数十年前就不得不戒烟了。奇怪的是，他也说道："哪怕用一个王国换来一支香烟也行！多可惜呀，我不可以再抽烟了。"可柯拉渐渐向我们走来，手里拿着美味可口的黄香李，那是一个农民为了感激治疗成功而送给我们蕾吉娜的礼物。

"只清除全副牙齿不是好主意，"柯拉说，"大家看到新砌的围墙，闻到烤肉味……我不喜欢她那么轻薄地谈及她的祖父，但另一方面，我也不是好榜样。

"可是我们应该做什么？"胡戈问，"几颗牙齿很快就可以清理掉，但尸骸……"

"也不是大问题，"柯拉说，"我把他带到意大利去。我家露台下面地方有的是。"

"天哪！你设想一下，海关关员打开后备厢！"

"我还从未出过事。"柯拉说，但也拒绝了自己的计划。她很勇敢，但不笨。"为何不放在我父母的院子里呢？"她提出建议道，"已经有两只狗和我的天竺鼠埋葬在那里了。它在樱桃树下面完全不会引人注目，因为从没有人在那里挖东西。"

除此之外，乌尔里希既不用卖掉也不用出租他那可爱的房子，而是要长期居住在那里。若是柯拉继承这个房产，她会知道该怎么办。

"一个年轻女士，"胡戈重新开始道，尽管更确切地说柯拉像黑手党成员的情妇，"可不应该在她父亲的院子里挖出深坑来。"

"没问题，"柯拉说，"我有强大的助手，因为我不是独自一人在这里，但我的父母不用知道什么。"就是说，她真的是带情人来了。

"根本不可能，"胡戈说，"知道内情的人可以敲诈我们。"

柯拉说，她将一对中年夫妇——女管家艾米利亚和园丁马里奥——从她的佛罗伦萨别墅带过来了。这两个人对她极度忠诚，为了感谢他俩的忠诚，她曾经资助他俩作了一次小小的德国之旅作为礼物。马里奥很笨，但强壮，夜里可以神不知鬼不觉地挖出一个墓穴来。艾米利亚不会走漏风声，因为柯拉知道她的各种各样丑事……

我们手里拿着白酒杯回到客厅。要是预料到他们的小女儿犹如一位侯爵夫人一样习惯于带着侍女和男仆出门旅行，却让一对陌生夫妇居住在父母的卧室里，那么乌尔里希和伊芙琳一定会感到惊奇。我的儿媳非常在意她奢华的床上用品。

"我佩服你的精力和你的勇气。"胡戈说。

柯拉打手势表示拒绝。"人家毕竟不是第一次干这样的事了。"她开玩笑道。

胡戈将放在他床下的袋子拿出来。他悲叹地说，现在得第二次去建材市场，那点东西不够用。柯拉揭开塑料袋的秘密，袋里有两包预制灰浆、一把刮刀以及一把泥刀，并非是什么礼物。

"海德堡当然比托斯卡纳地区还要更有轮廓感，"柯拉说，"从地形看，我父母的家很理想，那条景观路毗邻墓地，后面的花园野草丛生，我那两位体面的老人回避这个部分。"

"可是如果他们重新添置一条狗的话？"

"他们觉得养条狗太麻烦了，因为自从我们这些孩子离开家门以后，他们经常外出旅行。"

门铃响了。"警察来了！"胡戈可怕地说。

荒唐的念头，只是我们的饭菜到了。柯拉好奇地稍稍掀开盖子。可她并不是耸动鼻子，而是抓起一把调羹，品尝起醋焖牛肉和土豆团子来。"味道太棒了，我光吃肉糜酱都好几个月了。"她说。

于是我就把盘子放在咖啡杯旁边，我们继续享受早餐和午餐。

大门被打开了。

"奶奶家里人来人往闹哄哄的，"柯拉说，"但愿无论电费抄表员，还是扫烟囱工人，都不愿意到地下室去，但这些先生又习惯不带上钥匙。"

是费利克斯来了。柯拉一骨碌跳起来拥抱他，我看出来这个小伙子脸都红了。他彬彬有礼地跟我和胡戈握手。"你变英俊了,孩子!"柯拉说,尽管她的表哥比她大两岁,比她高出整整一大截。

我感到害怕,柯拉现在要向无辜的费利克斯出卖我的一些倒霉事了。可是她太过聪明了,对胡戈微微一笑说:"听说奶奶直到前不久还向你隐瞒着这个讨人喜欢的外孙。"

"你是独自一人来德国的吗?还是和玛雅一起过来的?"费利克斯问。

"和艾米利亚与马里奥,我的意大利朋友,"柯拉说,"这两个人今天夹在美国佬和日本人中间,要么内卡河游览,要么市内观光。今天晚上我们想一起到宫殿去,那里有一个中世纪游吟诗人的化装表演,还有游吟诗人们演唱流浪汉歌曲。你想一起去吗?"

"如果是'艾尔斯特银飞'乐队[1],那我很乐意去,"费利克斯说,"但我先要问问我的女友。现在我得尽快去听讲座,其实应该只取走脏衣服;购物怎么样?"我的孩子们可没有不尽责任,从两方面都派了孙辈过来帮了不少忙。胡戈完全不必因他的海德玛丽而自负。但如果全体人马一夜不想睡觉,那么今天贝恩哈德的葬礼就会泡汤了!我不清楚柯拉的计划。

"你知道吗,"她对费利克斯说,"我们大约七点在上面的宫殿里见面,在海德堡城堡前。如果我们早到那里,还能找到停车场,在开始之前喝上一小杯啤酒。"

费利克斯走了。当着柯拉的面,他表现得和平时不一样,仿佛一个不聪明的花花公子。我的孙女很高兴。"一切进行得非常顺利呀。现在我们要把我的汽车装满,今天夜里马里奥可以证明他还没有荒废。"

我反对在光天化日之下将这样一件棘手的"货物"塞进汽车,然后有可能长达数小时之久地存放在一个太过拥挤的停车场里。"明

---

1 艾尔斯特银飞,德国的民歌乐队,成立于1971年,以演绎民歌闻名。

天，"我说，"今天贝恩哈德待在这里，就这样吧！"

　　柯拉一离开，我赶在胡戈想到同样的想法之前，立刻躺倒在沙发上。

　　"棒女人，"他说，"可你以前更漂亮，尤其是更敏感。"他吻了我的手，然后却真的将餐具端进厨房。

　　很遗憾他是根据古老的格言"驴子宁愿一次累死，也不愿走两次"行事而已。胡戈将盘子和杯子堆叠起来，结果那些杯盘统统掉在地上。我也得离开我的地方，去拿来铲子和带柄小刷，才发现胡戈迅速占领了我原先躺着的地方。我愤怒至极，将铁锹上的碎片倒在他的肚子上。

　　胡戈狞笑着。"或许在你的暮年，你不该再为无谓的小事激动了。顺便说一句，爱伦·坡也写过一个故事……"

　　我突然看到他的脸涨成紫红色。

第十八章

　　我无法真正地相信死后复生，但有时却有种感觉，我去世的兄弟、姐姐和我的父母双亲就在我的周围，他们打量我，或许帮助我。数十年来，我和阿尔贝特进行着无声的对话。"关于此事你在想什么，我可怜的弟弟？你喜欢我的孩子吗？嗯，你觉得他们很陌生，我偶尔也这么觉得……"是否我将来会在我子孙的脑海里留下印象？是否他们会注意到我，在树叶簌簌作响之中，在鸟儿翱翔之时，在玫瑰花朵的芬芳之下？我很想变成风和水、云和光，重新友好地赢得亲爱的人儿的好感。可我的理智将这些事视为"欺骗"。我完全无法想象这个天堂是我们尘世罪恶生活的报酬。

　　虽然我喜欢亚洲文化的祖先崇拜，但完全不喜欢复活的学说。一切又一次从头开始——多么令人恶心的念头——而且到头来是一条湿滑的蚯蚓或者一只贪吃的吸血鬼。

　　昨天我第一次在我女儿工作期间打搅她。她不得不让一群像胖甲壳虫那样倒躺在垫子上的孕妇独自手脚乱动。当她听说胡戈不再好好说话，并且嘟囔着听不明白的胡话时，马上愤怒地叱责我。"我提醒过你多少次，要给你安排一个家庭医生？"她现在和一个医生是好朋友，把他从门诊室拉出来找我。

服用了扩张血管的药物之后，胡戈马上感觉好多了。幸运的是，他得的不是中风，而只是脑供血暂时减少。

胡戈拒绝留院观察。现在他整天躺在我的长沙发上，由于害怕，声称自己身体很棒。

我给亲爱的爱丽丝打过电话，她使我鼓起了某种勇气。"我常常断定老年人在医院里自暴自弃。他们需要自己的床铺、习惯的环境，他们讨厌陌生的面孔。你就每天让一个女护工过来，她给他测量血压，给他清洗，有可能的话还要喂食。你是干不了的，夏洛特。"

可陌生的面孔也打扰我。我基本上对女护士、女用人、医生、送饭菜的人不感兴趣，尤其是贝恩哈德还一直躺在我的地下室里未予安葬。因为带陌生的内科医生到家里我觉得很困难。

我相当肯定的是，胡戈必须死在我前面。他比我老，此外男人归天反正要比我们女人早。我将如何经受他的死亡呢？胡戈对我来说意味着一切——或者？有时我有一种感觉，这种永远地等待他使我活下来，但另外这种等待也花了我很多精力。或许，假若我不必再等待信件、电话乃至来访，那就要对我有益得多。

每隔整整一个小时，我就试图联系上柯拉。她跟我发誓过今天要完成迁葬的事。她现身的时候，已是下午。可若是去责怪人家，那你就不聪明了，我依靠孙女的帮助，绝不允许把她气走。

"昨天有点晚了，"她请求原谅地说，"我们在油里游泳。"

"对不起，你说什么？"

"我们喝太多了，嗯奶奶，也可以说，我们醉得摇摇晃晃的。"

可怜的费利克斯，他的小表妹并不是最适合和这个男孩交往。

"那怎么办？"我无精打采地问。

"他躺在你的地下室里的时间真的够长了，重要的也不是多几个小时或者少几个小时的问题。眼下我对身体劳累没有兴趣。"她打着哈欠告辞了。

在下面的是我死去的丈夫，在我旁边是被攫走的情人，好外孙被坏孙女挫败了。我还拥有什么高尚的人生？

我回想起胡尔达。"人们应该做什么？"我问。她来回晃动着，不吭一声。她当然妒忌胡戈，此外在我看来她从没有和一个聚精会神的听众有不同。

蕾吉娜还穿着白色工作上衣就冲了进来，走到父亲的床前。"爸爸，你好吗？"她问，却根本不打听我的身体状况。胡戈温柔地微笑着。一方面他想得到他人的同情和悉心照料，另一方面他想避免有人送他去医院。他果断地解决了这种尴尬的处境。

蕾吉娜吸了吸鼻涕，突然转向我，严厉地问：爸爸最后一次洗澡是在什么时候？"

为何我就该知道这事？她应该自己去问他呀。

"二十年前。"胡戈说。

这个解释简单，表明人家不应该责怪海德玛丽。当时伊达有轮椅，女儿请人安装了一个适合残疾人使用的淋浴装置。伊达可以从轮椅一跃跨上浴椅，可以坐着淋浴。胡戈也更喜欢使用这个设备。他以此方式直至最后都没让女儿强有力的双手触碰过自己的身子。

"我马上要安装一个泡沫浴。"蕾吉娜斩钉截铁地说，然后走进浴室。胡戈向我投来值得怜悯的一瞥，可我不为所动。

"为何没有热水出来？"稍过片刻，蕾吉娜问，"爸爸在这种温度下会得肺炎的……"

原来是这样，热水器。有时火熄灭了。费利克斯给我指点过如何重新启动热水器。我不乐意地站起来，走到下面的地下室。

"不用管，"蕾吉娜说，"我也会弄……"

我和胡戈异口同声地说："不！"可蕾吉娜更敏捷，已经走到门口。

可胡戈可怕的呻吟声让她愣住了。

"血压！"我支支吾吾道。

蕾吉娜拿来血压计测量。"令人惊讶的是，完全正常，"她断定，"爸爸，你究竟怎么了？"

"我突然感觉这是那么滑稽，"胡戈说，"我还是到明天洗澡更好。"

蕾吉娜点点头。可尽管如此，她还是想重新打开热水器。我和胡戈一起用双手迫使她就范。

"费利克斯马上就过来，"我撒谎道，"他要比我们干得好得多。"

这是假话。蕾吉娜始终认为女人们应该会换轮胎，男人们应该会做编织活儿。她的胳膊很有力，这是每日的按摩和体育锻炼带来的结果。她毫不费劲地查看我们干瘪的小手，急匆匆地跨出三大步走到走廊里。从后面跟踪她那双发出刺耳咯吱声的凉鞋，已为时太晚。我和胡戈彼此瞅瞅，等待她的吼叫。

不过，蕾吉娜踢踢踏踏地重新上楼感觉很舒适。

"为这种事麻烦一个男人，"她说，"那就真的太搞笑了！"

显而易见的是，她只是看到一个热水器的火焰熄灭了。"你想到与众不同的东西了吗？"胡戈问，对于这种愚蠢的问题，我也最想把他砌入墙内。

"如果下面有老鼠，"她果断地说，揉了揉一向微红色的鼻子，"那么我就可以设置一个陷阱，不过你们别期待我会发出歇斯底里的尖叫。"

"你真的还会想起贝恩哈德吗？"胡戈问。他把蕾吉娜当成维罗妮卡了。

她哈哈大笑。"我还没有出生的时候，我哥哥姐姐的父亲就已经阵亡。可我还对安东记忆犹新，我真的一直以为他是我的爸爸。"

蕾吉娜站起来。她说其实很想在今天给她的父亲擦个身，明天她几乎没有时间，此外他洗完澡肯定会感觉舒服得多。她摆出一副职业的面孔，在洗澡间检查水温，看起来她挺满意这个水温的。胡戈不得不相信这一点。

我听到两个人幼稚的笑声，门没锁上。我可以冒险看一下吗？胡尔达警告我，你最好保持你的幻想。

半小时后，当胡戈穿着一件干净的睡衣重新露面时，整个房间里都能闻到狗被淋湿了的味道。蕾吉娜清洗浴缸，剪脚指甲，烧茶水，给凝乳面包和肝肠面包抹上黄油。即便海德玛丽也不可能干得更好：我们犹如两个乖乖听话的孩子那样被宠坏了。突然之间，我不再将养老院设想为可怕至极的地狱深渊。

我们的女儿建议我们再看一部电视里播放的音乐剧，心满意足地打量着父母喝锦葵花茶时的目光，然后离开了我们。或许她一辈子都在渴望这样的一种田园生活，如果我们现在还能让她成为合法的婚生子，那么她一定会欢迎的。

听觉迟钝的胡戈真的想看音乐剧。他心情愉快地补充说明："有活力！"

我们年轻人的流行语！我早已从我的词汇表中删除了这个词，因为我的孙儿们大概难以理解它的含义。我坐在他旁边，想到了迥异的事情。以前我曾经看到过，浪漫的爱情随伪装的心、金戒指、夜莺、玫瑰以及勿忘我一起成了新时代的虚假发明。我也在这种想象中成长，始终无法摆脱无与伦比的伟大爱情的理想。现在他躺在那里，我终生的梦想，被我们的女儿像一个孩子一样地照料着，在我家里感觉很舒服，愿意履行一个从未给出的诺言。

在其他文化中，为年轻的蠢女人挑选一个合适的男人，这种理由很充分。假若父母行事出于爱情，而不是考虑到他们自己的优势，那么这个结果就有可能是良好的——前提条件是，年轻人没有可比性。当然我肯定永远不会容忍这种事发生的。可是，如果和胡戈在一起，我曾经感到过幸福吗？

"为什么这个小丫头没有来？"他在电视荧光屏的蹦跳和哼唱中间问道。

"柯拉明天会把所有的事情处理完成，我们不能催促年轻人。"我假设道。

"要是她逃避责任，那我自己会关心这事，"这个有病的老人说，"你可以相信我。"

"你真好。"我把我的手搁在他左手的三根手指上。

"你的小手还一直非常温柔。"胡戈说，抚摸着我的痛风结节。

有些动物据说一辈子都很忠诚，我想到，人偶尔也是。胡戈肯定永远不是这样的人吧？难道婚姻的忠诚也是一种幻想吗？是一句我们受骗上当的浪漫的谎言吗？很遗憾，人们对亚当和夏娃的爱情故事知之甚少，但天堂里没有竞争。后代中唯一允许发生的分离，也就是因为死亡，那已经在平均结婚十年以后了。鉴于这样的时间间隔，这种忠诚并没有什么难度。

当我从浴室来到卧室时，胡戈躺在我的床上尴尬地讪笑着。"出去，"我咕哝道，"我很累，把牙齿取出来了。"胡戈说是自己也把牙齿取出来了，他只是想稍稍取取暖寻找亲近而已。他相当快地睡着了，而我则是守住我的被子和我那熟悉的安睡之处。当天色破晓，我还一直醒着时，我就决定不允许胡戈做出任何亲密的举动。

我的姐姐范妮从未和一名男子分享过一张床，伊达可能也只是在某一段时间有过，爱丽丝也显示出这方面的空白。她的丈夫格特渐渐从战争梦里恢复健康，变成了狂热的业余摄影师。但他并非拍摄度假照片和家庭照片，或者悄无声息地拍摄陌生美女的照片，他把爱好放在了动物身上。在二十世纪六十年代，还远不是每个人可以拥有一台电视的时候，幻灯片之夜成了很是时髦的事。人们大多百无聊赖地坐在一起，啃着撒有盐粒的棒状糕点，喝着"卡尔达罗湖"葡萄酒，大家以后会把这种葡萄酒的红色归于混入了公牛鲜血。但和其他家庭里的父亲不同的是（对这些父亲进行人种学业余考察旅行时，人们无论如何会看见热情似火的南欧女人），格特喜欢的通常是红胸鸲。爱丽丝为这种爱好辩护：这使她的丈夫平静下来，他得以数小时之久地等待一只小鸟，而他用自己漫不经心的双手反正无法给自己打针，这个工作由她来完成。

可是不知什么时候开始，他觉得这种事看起来太一般了。他计划来一次长途旅行——参加非洲的集体摄影之旅，把时间用在拍摄那里更大一些的动物身上。我们勇敢的爱丽丝，虽然把一家很大的诊所管理得井井有条，却竭力反对：她遭受飞行恐惧之苦。她一生中有过一次——和我一起——去北美旅行，而且是为了参加维罗妮卡长子迈克的受洗仪式。在空乘人员提供的白酒的醉意之下，再借助于安眠药，她总算幸运地飞过去了，可在回程时——真的出现了湍流——她陷入了极大的恐惧之中。她拒绝这辈子再乘坐飞机。

为了让她的男人成就自己的梦想，她放弃了非洲。谨小慎微的格特和他的哥哥一起旅行，从那时起就生死不明了。尽管已经查明，兄弟俩驾驶一辆借用的吉普车出门，但无论是警方，还是大使馆都发现不了更多的信息。多年后，人们在一个峡谷里找到了一辆被烧毁的汽车残骸。直至一九七二年，爱丽丝的丈夫才被宣布死亡。

经历这次精神创伤之后，我的妹妹开始厌恶旅行。哪怕乘坐短途火车上我家来，她都觉得阴森可怕。居住在美国的女儿，而不是居住在陶努斯山区的妹妹更容易突然出现在家门口。以前我们反其道而行之，我定期看望过爱丽丝。现在只会是蕾吉娜、费利克斯或者乌尔里希把我送过去。这个很少见。但我们常常通话，对彼此知根知底。格特失踪十年后，爱丽丝将诊所卖了，直至退休之前还一直在健康体检中心担任顾问一职。她也始终是我的顾问，她所说的话有根有据。

在遇到她的格特之前，以及她的格特离开之后，她都没有男人。伊达的情况我不是非常有把握，她或许从婚姻一开始就欺骗过胡戈？但总而言之，我有三个不同的性伙伴，无疑是我那代人中最有经验的。不过，在我的女儿们和外孙女们那里，它看起来又是另一个故事了。和柯拉相比，我一定是最纯洁的尼姑。是否她们今天因为自己所有的自由而感到更高兴呢？

我一时冲动地决定给爱丽丝打电话。胡戈还在睡觉，而我与妹妹却总是有时间稍稍闲扯一番。其实也没有任何理由不向她泄露我最后的秘密。

她一如既往地马上接电话，气喘吁吁地倾听我说起被砌入墙内和被泥灰封住的贝恩哈德。

"难以置信，"她说，"就像在电影里一样。不过我也得向你忏悔一些激动人心的事。在我们俩进入坟墓之前，我们应该对这些小欢乐感到高兴……"她点上一支烟，我听到她深深地吸了一口。

"你真的也当着病人的面抽烟吗？"我问。

"很少。"爱丽丝说完却不再吭声了。

当我忍耐不住时，就想继续弄清楚情况。"让我猜猜看。格特和一个嫁给了一名妒忌心十足的酋长的班图族女人有染。这个疯狂的男人曾经从一头母狮的爪子上拔出过一根刺，这次请了这个懂得感恩的母狮，好让它咬死这个白人通奸犯做他的孩子们的星期日烤肉。"

"不错，"爱丽丝说，"可我觉得你太草率了。这跟格特一点儿关系都没有。我对另外一个男人的不幸负有责任。"

我的妹妹原来——已经作为寡妇——落入了一个婚姻骗子的手中。虽然并不是涉及金钱和财产，而是涉及吗啡。爱丽丝在她无诗意的人生中很少有过闪闪发光的经历，这时候却像一个年轻姑娘一样沉迷于诗歌和花花草草之中。很清楚，她想帮助他摆脱毒瘾。作为医生，她真的恰好天生适合担当这个任务。

"此事持续了三年多。他对我撒谎，偷我的东西，眼泪汪汪地策划和解，唆使我窃取处方税，让我丧失自信。可当有一天我发现他写给康斯坦茨的一封信，我给他开出了超剂量药方。"

这个事情我得首先经受得住。可那些细节激发了我的好奇心。"你把死者放到哪儿去了？"我怀着合伙人的兴趣问。

爱丽丝没有把尸体放在屋子里，那个男人是在自己家里被人发现的。但警方进行过调查，最后以罚款和剥夺医生的执业资格结束。"这是我卖掉我那漂亮诊所的真正原因。"爱丽丝结束了她的报道。

"那么对贝恩哈德案件，你有什么建议？"

爱丽丝思考着："我觉得乌尔里希的院子有点问题。你夜里把他扔进内卡河吧，但要扔到排水闸后面，这样第二天他就不会被人打捞上来了。"

我现在觉得我的妹妹不够虔诚。贝恩哈德毕竟不是海员。"爱丽丝，你为何自始至终隐瞒你有个毒瘾十足的诗人呢？"

她在冥思苦想："你对我总是有着崇高的评价。我事后对我的愚蠢感到彻底羞耻。可在贝恩哈德问题上你确实也完全不信任我。"

我不想使我的妹妹增加负担。此外，我和胡戈许诺过不向任何人透露什么消息。我恰恰也没有打破这种誓约。

胡戈醒来，想吃早餐。在爱丽丝忏悔时，我的胃口并没有消失，因为我觉得她的行为并不是很恶劣，另外这件事也已过了时效。我的外甥女康斯坦茨是一个一本正经而又有点枯燥乏味的人，她一定同样很少赞同她那富有牺牲精神的母亲白大褂上的黑色污斑，乌尔里希在我这里也肯定会这么做。她是一个心理治疗师，可很遗憾是一个缺乏幽默的心理治疗师。

我们在吃早餐，费利克斯出现了。我突然闪过一个可怕的念头，柯拉最近终于——醉得摇摇晃晃地——将他拉扯上床了。表兄和表妹，那真的恐怕比我和我的姐夫所做的一切都要更坏。可或许我有一个过于肮脏的幻想，经爱丽丝戳穿后完全丧失了理智。我对自己反常的想法感到羞耻，于是给我好心肠的外孙和我那个讨人喜爱的姐夫的杯子里倒上咖啡。

第十九章

柯拉过来时，我们一直还坐在早餐桌旁，不过是在作陪。一个胖乎乎的南欧女人跟在她后面，柯拉给我们介绍说那是艾米利亚。艾米利亚和我一样穿着体操鞋。大清早有人来访使我困惑。难道柯拉想在光天化日之下将死者装进她的车里吗？可当着外孙的面我得保持沉默。柯拉另外拿了两个杯子，给自己倒上一杯咖啡，给艾米利亚倒上剩下的咖啡。这最后一杯我自己也想喝的。

"瞧，你的父母写信来了！"我对孙女说，然后将最新的明信片从橱柜上拿下来。

她没有多大兴趣地打量了一下"颐和园石舫"，然后再也不花心思去辨认背面细细密密描述的字迹。

我还是注意到了，费利克斯当着柯拉的面又是满脸通红。"请问你们找我们有何贵干？"他带着费劲的嘲讽问道。

我向柯拉投去无情的一瞥。但很显然，意大利女人明白了一切。此外，这个女人可能已过了五十岁的年龄。她用她的语言回答，我和费利克斯只听懂"法兰克福"。

柯拉点点头。她说是艾米利亚一定要看看那座银行和证券之城，她自己很期待在法兰克福席尔恩艺术馆举办的展览，观赏古斯塔夫·克林姆和埃贡·席勒[1]的美术作品。

胡戈以一个社交名人的模样急忙推荐参观书展，尽管法兰克福书展要到十月份才举行。

那么如何处置贝恩哈德？我在考虑如何秘而不宣地向柯拉提问，好让她对即将来临的约定承担义务。可是她反应更快。"回去时我们还会路过，把房子整理好，然后接走大家。"她许诺道。

费利克斯感到很好奇。"你想打扫某些东西吗？'大家'又是谁？"

"我们的奶奶……"柯拉结结巴巴地说，"以及你的爷爷，"然后咕噜噜地喝完咖啡，朝艾米利亚的方向点点头。两个人还向我们谦和地示意，然后离开了早餐桌。费利克斯突然呼的一声飞奔至她们身后。他们在外面的大街上闲扯了好久，我透过厨房窗户打量这一切。可柯拉也已经看到了我，善意地微微一笑，上了车，疾驰而去。费利克斯又进来了，拿了他的公文包。我烦躁不安地打量他。她跟他说了些什么？

他只是说不久就要在托斯卡纳地区拜访柯拉。"人们不会错过这样一个提议。"

我胆怯地问，是否他的女友苏西也一起过来？

很有可能。

我和胡戈又一次单独在一起了。他的身体又很棒了。我们共同的外孙是我全部的骄傲，胡戈偏爱柯拉。正如相聚一样，他们那么迅速地重新远走高飞了。

"你如何看待这个意大利女人？"我问。

"一张面孔很好，"他说，"农民的脸，配以健全的理智。如果大家知道小家伙受她照料，那就令人放心了。"

"可为何她的丈夫不在？要是他们回来，不是真的想要……但愿柯拉没有向天真的费利克斯透露任何消息！"我一直还很迷惘。

---

1 古斯塔夫·克林姆（Gustav Klimt，1862—1918）和埃贡·席勒（Egon Schiele，1890—1918）均为奥地利重要画家。

"这个男人现在已经挖了个坑,"胡戈推测道,"可是柯拉为何要接我们呢?实际上她不需要我们就想搞定所有的一切,只需要黑手党的帮助!"

我也无法解释这一点。除此之外,假如既不是他也不是我的媳妇在场,我觉得进入乌尔里希的房子是合适的。在蕾吉娜或者维罗妮卡那里,或许不是问题,但在伊芙琳这里就有点麻烦了。

"海德玛丽已经有三天没打来电话了。"胡戈悲叹道。

难道我们是在幼儿园吗?不,她说她无法打电话,她听力太差,我们得首先给康复医院总机打电话……

我叹息着抓起电话。

海德玛丽兴致很高,她身体很好。她刚吃过午饭,问我是否做过饭了。"我们刚吃完早饭。"我说,看了看手表。十二点。

当然,有关药物的问题来了。单单在孙辈们、姐妹们、孩子们、风流韵事以及激动不安面前,我有点堕落了。我们没有了进餐和服药的通常节奏。海德玛丽热情地提醒我,但看来她心不在焉。"我们今天重新参观了一家修道院的花园,"她说,"上一次看到的是完全简单的药用植物、母菊、胡椒薄荷、百里香。这一次第二课来了,如小米草、白屈菜、水飞蓟。我将根本性地调整我的饮食习惯,爸爸以后也要从中获益。"

胡戈摇摇头:"可能是一个没有甲虫的花园吧。我的女儿们从哪儿学到这种健康怪癖?不是从我这里,肯定不是从伊达那里,尤其不会从你那里。"他说拥有过一个音乐天赋很高的母亲,她的天赋不能再传给任何一个子孙身上。

"遗传不是一切,人们早就放弃这个了。"我安慰道。

"不,"胡戈坚持道,"战后人们当然不想和整个遗传思想有任何瓜葛了,但到现在人们对那些东西拨乱反正了。想必你不会真的怀疑,家庭成员之间有着令人惊讶的相似性，我的母亲和蕾吉娜就是最好的证明。"

我们几乎要争论无谓的琐事，而在这方面我们基本上持有同样的想法。

"贝恩哈德应该在一个袋子里吗？她究竟是如何料想这件事的？"胡戈突然问。他猜到了我的心思。

我们一起踏进底楼房间，查看我的箱子和他的箱子，五斗橱、一个洗衣袋、地毯。有一个大的纸板盒还在地下室里，但这种马粪纸是否合适呢？最后，我们重新懒洋洋地坐在电视机前看一个儿童节目。

六点整，柯拉和艾米利亚来了，提了一只老式的柳条箱。我马上发现这个规格不适合我们的用途。可就在我张开嘴巴前，柯拉用从未表露过的热情拥抱我，以至我高兴得忘记了所有的问题。

"或许你该换换衣服了，奶奶。"她说。

因为胡戈的缘故，我已经很久不再穿带小花朵的连衣裙，而是穿着我那件又好又旧又很实用的草绿色运动服回来了。

她在期待什么？难道我应该套上一条棕色的挖土工人工装裤吗？

她在讪笑。"毕竟这是安葬的事，"她说，"我原以为在我爷爷的墓旁你应该穿黑衣。"

她说得对，我感到羞耻，急忙奔到衣橱那里。

我想穿上次参加母亲葬礼时穿的那套黑色服装，却是不合适。我像贝恩哈德那样缩水了，看起来犹如一个稻草人。"胡戈，你觉得我怎么样？"我问。

他说我花上几小时装扮而且在不公开的情况下没有问题。

也许他还要更不喜欢那件运动服吧。

艾米利亚和柯拉已在地下室，她们请我们待在上面。她们抓住两只把手，把上好了锁的柳条箱重新扛上来。天还远没有黑下来，但她们俩将柳条箱抬入车里，没有费特别的周折就把它装进后备厢。万一邻居偶然往外望，他们也以为又有洗好的衣物被拿回去了。最后，我和胡戈也被请到了美国大汽车里。"我的铬绿色的滑板。"柯拉自豪地说。

我们一如往常地一起坐在汽车后座上。艾米利亚坐前面，柯拉的旁边，和她用意大利语闲聊。我们一句话也听不懂。我觉得仿佛在我漫长的一生中驾车带过我的所有其他司机都成了没有出息的人。

在过去的岁月里，我周围的一切变得静寂而安宁。我和胡尔达一起度过了我的日子，虽然有点单调，但完全不枯燥。阅读，看电视，购物，和费利克斯聊天，猜纵横填字谜，写信，干点儿家务……现在这是什么样的疯狂梦想，我马上因此而大吃一惊？我和青年时代的恋人一起坐在一只铬绿色的滑板上，在高速公路上疾驰而过（根据费利克斯的说法，我的孙女"犹如刽子手"那样驾车），而在后备厢里躺着一个木乃伊，五十年前他是我的丈夫。

一位和蔼可亲的中年男子为我们开门。

柯拉把她父母的大客厅重新装饰了一番，以便合乎规矩地举行死亡仪式——或许是受她的意大利朋友们的启发。那块威尼斯镜子被披上了黑纱，白色马蹄莲插在壁炉台上的一个中国花瓶里，一块黑布在长沙发茶几上铺开。柯拉从所有房间里拿出烛台，拉上窗帘，此刻她点燃了高耸的白蜡烛和香火，让低沉的音乐响起。或许现在不仅是可怜的贝恩哈德找到了长眠之处，而且我也回归宁静之中，可以把他埋葬在我的心底了。

马里奥在后花园里挖出一个大坑。整个后花园掩映在灌木丛中。艾米利亚和柯拉打开早已准备好的柳条箱，然后将那捆亚麻布包裹小心翼翼地抬出来。他们顺着浴巾两端让尸体滑入墓穴。我把鲜花撒到白色浴巾上面。

"我们得说个祷告或者诸如此类的话。"胡戈说，可谁也想不出合适的词。

终于，我用微弱而沙哑的声音唱起《月亮升起来了》¹，只有艾米利亚跟唱。奇怪的是，她竟然熟悉这首古老的德意志歌曲，不过只是第一段。我一直唱到最后一段："以上帝的名义，我的兄弟们，你们躺下休息吧，夜风凛冽。"

孩提时代，一听到这行字，我就起鸡皮疙瘩。此刻我的牙齿开始打颤。可出于礼貌，我们还无法回到温暖的房间，因为马里奥正热火朝天地忙着即将完成的挖土工作。

灯光由这栋房子落入黑色院子之中，我们突然看到一个身影穿过草坪。

"喂！"有人叫道。好在是费利克斯，可他想看望柯拉，此外可能也是想了解和他无关的事情，那是我不乐意看到的。"你们在这里干什么？"他几乎感到委屈地问，因为他感觉自己被排除在外了。

"我们在埋葬我们的狗！"柯拉机智果断地说。

费利克斯此刻站在我旁边。"你们不是多年不养狗了吗？"他对柯拉说。

艾米利亚立即插嘴说："还有我的狗！我的狗，叫匹普！"

"大概是一只猛犬。"看到有一块很大的墓穴，费利克斯说道。

"不，"柯拉反驳道，"一只圣伯纳犬！"

费利克斯觉得这个无所谓，他感到很冷。

"你们都进来吧，这外面非常难受。我看到家里有灯光，可没有人开过灯。然后我从院子里听到歌声，原来是从外婆的喉咙里发出的声音。"

---

1 根据德国诗人马蒂阿斯·克劳迪乌斯（Matthias Claudius，1740—1815）的同名诗歌谱曲。

　　艾米利亚突然叫喊起来："汤！"说完冲进屋里,我们紧跟在后面。只有马里奥站在原地没动。

　　厨房里热气腾腾,烟雾弥漫。费利克斯对我们不在时因为疏忽大意而继续亮着的许多蜡烛感到惊奇。可是,有望享受到味道鲜美的意大利菜肴,使他忘记了自己的问题。费利克斯和柯拉一起将餐桌摆好,一道滋味浓郁的蔬菜汤之后,陆续上来了金枪鱼配以腌番茄和烘烤白面包、烤乳鸽、蘑菇以及小红萝卜色拉,最后是一份透明的餐后甜点——萨芭雍。"红酒—泡沫—奶油！"女厨师喜形于色地说。我已有好几年没有吃得那么好和那么多了。这个艾米利亚是一个女巫：她懂得用可口的菜肴祛除死魂灵——那个红酒我绝不能忘记,尽管它还不够甜,不合我的口味。

　　胡戈和费利克斯有点醉了。费利克斯反复地为"那只死狗"干杯。胡戈回击道："为我们的圣伯纳犬！"说完老人像个黄毛丫头那样咯咯笑着,我几乎感到羞愧,请求他们对死者表示更多的敬意。费利克斯不明白我缺乏幽默感的反应。

　　就在喧嚣热闹之中,我们都没有听到大门的动静,唯有柯拉忽然跳起来,显然很尴尬。她的父母进来了,我们大家都误以为他们还在中国。

　　每个人都想解释。可乌尔里希做了一个权威的手势,首先受到大家倾听。他说,很不幸的是,伊芙琳在途中得了亚洲流感,几乎变成肺炎了。他们中断了旅行,搭乘最早一个航班前往法兰克福。他的女儿还没有来得及对这个不恰当的狂饮欢宴发表评论,就先帮她的母亲上床睡觉,然后取出自己的盥洗包。柯拉在倾听,艾米利亚走进厨房,烧水用于喝茶和热水袋。

　　好心情没了。乌尔里希脱下外套朝费利克斯扔去,仿佛他是家里干粗活的勤杂工一样。

"妈妈，你在这里干什么？"他严肃地问，此外，经过漫长飞行，筋疲力尽也写在他的脸上。这不是我的儿子有兴趣参加家庭聚会的时刻。

"柯拉把我们接过来了，她特别好，"我说，"最近几年我受到你们邀请的次数真的并不是很多。"进攻是最好的防守。

乌尔里希马上准备让步，在我面前他始终问心有愧。"是的，是的，当然，说得对……"他喃喃道，坐下来，倒了一杯从他家地下室里拿来的基安蒂红酒。

他喝了一口酒，开始目不转睛地盯着我们看：胡戈和我，艾米利亚和马里奥，费利克斯。他以流利的意大利语转向他女儿的"朝臣"。可是艾米利亚冲进厨房，要泡茶水喝，而马里奥开始支支吾吾起来，连精通语言的乌尔里希也拿他无从着手。乌尔里希只好放弃了。"还有什么吃的东西吗？"他问道。

艾米利亚拿着茶壶站在门口，热心地点点头。

成为出卖者的是那个无辜的费利克斯。"我们刚刚埋葬了圣伯纳犬！"他解释道。

乌尔里希没有明白。"谁？"

"艾米利亚的那只狗，"费利克斯说，"她的那只圣伯纳犬匹普！"

我的儿子总是知道得比别人多。"匹普不是圣伯纳犬，"他纠正道，"这种动物小得出奇，是吧。嗯，很遗憾它死了。我要表示我最深切的哀悼，艾米利亚。"

胡戈呛了一下，他的咳嗽不想平静下来，马里奥拍了拍他的后背，我拿了一杯水。乌尔里希喃喃了一句，好让自己回避这个令人不快的场面："我现在得看看我的妻子。"

他的脸呈危险色。要是蕾吉娜在就好了！胡戈终于可以喘口气时，忽然倒下了。费利克斯和马里奥把他拖到沙发上。最后，重新露面的柯拉给家庭医生打去电话。

很显然，她的父母并没有将她撕成碎片。乌尔里希和伊芙琳持续生活在吓唬到自己孩子的恐惧之中。尤其在他们的女儿那里，他们这种担心并非毫无理由：一旦有人在她的生活中恰如其分地责备过她，她就再也不会露面了。但遇到这种情况，人们可能顶多指责她自说自话将马里奥和艾米利亚带到父母家里做客。想必即便是伊芙琳，也不会对自己的奶奶提出异议吧。

医生安排胡戈上医院，他说只要几天时间。或许出诊很多太让他讨厌了吧。乌尔里希也不肯迁就，他对不得不将胡戈安置到客房里住宿不大感兴趣。

急救员抬着担架过来时，胡戈被毫不犹豫地装上担架，送上了救护车。他带着一种不可言说的伤心的表情注视我，说道："夏洛特，赶紧再把我接到你那里去……"他轻声低语道。

我不禁号啕大哭起来，以至无论是费利克斯、柯拉，还是乌尔里希，都无法安慰我。

费利克斯开车送我回家。出于各种不同的原因，我们俩都感觉自己有罪。为了把我的思想转到其他方面去，他在考虑艾米利亚和马里奥现在睡在哪张床上。我完全无所谓。

"请在今天给蕾吉娜打个电话吧，"我对我的外孙说，"这样她明天就可以看望她的父亲，然后和治疗大夫说话。我眼下已经差不多没有力气躺在床上睡觉了。"

费利克斯答应了。

终于我又回到了家里，完全独自一人。我非常不快乐，但也感到异常地如释重负。

第二十章

　　胡尔达有下一代了！那只老玩具娃娃胡尔达在她的怀里休息，那是我曾经转让给阿尔贝特玩耍的东西。当我以儿童般天真的冲动马上脱掉蒙上了灰尘的小裙子时，我在玩具娃娃光滑的肚子上发现用红色画笔画的肚脐眼。阿尔贝特的作品：这就仿佛我收到了他的最新信号！

　　海德玛丽给我带来了一只贵重的玩具娃娃，说这只玩具娃娃曾经是属于她母亲的。可它从未是伊达的玩具娃娃。当我们大家过了母子游戏的年龄，我们的母亲不得不把玩具娃娃送给她的第一个外孙女，也就是海德玛丽。那时，这只玩具娃娃失去了最初配置。伊达给她缝制了一只黑丝绒制成的巴斯克帽，那条连衣裙是海德玛丽缝纫出来的。发出红灰色光芒的装饰图案，纯真丝，收紧的腰身——肯定曾经气质高雅。然而，她大多被阿尔贝特和我打扮成婴儿，她毕竟是我们的小孩，不得不用阿尔贝特的手绢作襁褓。

　　伊达相当厚颜无耻，竟然不把这只玩具娃娃转交给我的女儿们。就连我唯一的孙女柯拉，也从未享受过拿奶奶的玩具娃娃玩耍的待遇。可或许，维罗妮卡、蕾吉娜或者柯拉，已经杀死了可怜的胡尔达，此刻她就不会坐在我面前了。这个毫无热情地给我的玩具娃娃起名为"埃迪塔"的海德玛丽，可以说是救了她的性命。

我的外甥女当然不单单是为了送我一只玩具娃娃才过来。她先是到医院看望了胡戈，然后看望新近获得的妹妹蕾吉娜。这两个人发现了好多共同的兴趣爱好，更别提起为她们的父亲在一个合适的养老院找到一个房间了。哦，胡戈，我心里真的很抱歉，你马上得搬到那里去，但我们别无选择。

为何他也禁不住如此胡说八道呢！他拿海德玛丽跟伊达混淆，拿蕾吉娜跟我混淆。很遗憾的是，他在一个如此混乱无序的时刻向我的女儿讲述了贝恩哈德的全部故事。因为蕾吉娜充满好奇而又不知羞耻地向她的父亲打听事实真相，我对她非常生气。她起先认为他的讲述是强盗童话，然后在我的地下室里四处窥探，终于发现了那块墓地。胡戈确实没有机会再用砖头把墙砌得严严实实了。要是她之后至少对秘密保持沉默，那该多好！

现在，乌尔里希获悉了这件事，很遗憾费利克斯也知道了。这种难堪是无法估量的，因为我的儿子自此以后认为我不再完全具有责任能力。我估计孩子们召开了针对我的秘密会议。如果形势还要越来越恶化，那么这个老人该何去何从？我的孙女柯拉提出了一个值得注意的建议。"要是你不想再独自一人生活，奶奶，"她果真说道，"那你就上意大利我家里去吧。"我非常不想离开我达姆施塔特的那所房子，我也考虑能够再拥有它几年。可这个建议对我很有好处。

一旦胡戈搬进了养老院的房间，我就每周去看望他。不管我想何时过去，蕾吉娜和费利克斯都愿意开车送我。可即便对我而言费用太高，我也宁愿乘坐出租车。我和胡戈经常谈论和我的女儿或者我的外孙都无关的事情。不过我也不值得再狠狠地教训他一顿了。由于他的介入——尽管是善意的介入，我想避免的事恰恰发生了：我们的秘密不再是秘密。胡戈很想躲到文学中，引用林格尔纳茨的话就是过去了——失效了——可永远不会忘记。

　　又独自一人了，真是舒服。我几乎觉得这是我这种年岁唯一合适的状态。我看到的一线光明，原来是我自己的白发，是蜘蛛网，是一团迷雾。由于我不用再对他人承担任何责任，和胡戈同居已为时太晚。虽然每天夜里，我还梦见他，但这也会渐渐消失。

（京权）图字 01-2020-2464

图书在版编目（CIP）数据

冷夜来客 / （德）英格丽特·诺尔著；沈锡良译. -- 北京：
作家出版社，2021.1
（悬疑世界文库）
ISBN 978-7-5212-0906-8

Ⅰ. ①冷… Ⅱ. ①英… ②沈… Ⅲ. ①长篇小说 - 德国 - 现代
Ⅳ. ①I516.45

中国版本图书馆CIP数据核字（2020）第054873号

冷夜来客

作　　　者：[德] 英格丽特·诺尔
译　　　者：沈锡良
出版统筹策划：汉　睿
特约编辑：丁文君　沈贤亭
责任编辑：翟婧婧
装帧设计：几何创想
出版发行：作家出版社有限公司
社　　　址：北京农展馆南里10号　　邮　　编：100125
电话传真：86-10-65067186（发行中心及邮购部）
　　　　　　86-10-65004079（总编室）
E-mail:zuojia@zuojia.net.cn
http://www.zuojiachubanshe.com
印　　　刷：北京盛通印刷股份有限公司
成品尺寸：142×210
字　　　数：120千
印　　　张：6.125
版　　　次：2021年1月第1版
印　　　次：2021年1月第1次印刷
ISBN　978-7-5212-0906-8
定　　　价：36.00元

悬疑世界文库

[悬疑世界文库] 魅惑解锁

中国类型小说殿堂卷帙

时间从此分叉

万象森罗 蛰伏如谜

爱与恨正在演绎无数可能

悬疑无界 故事无常

敬请期待

[德] 英格丽特·诺尔《冷夜来客》

二战后分崩离析的德国家庭悲喜剧